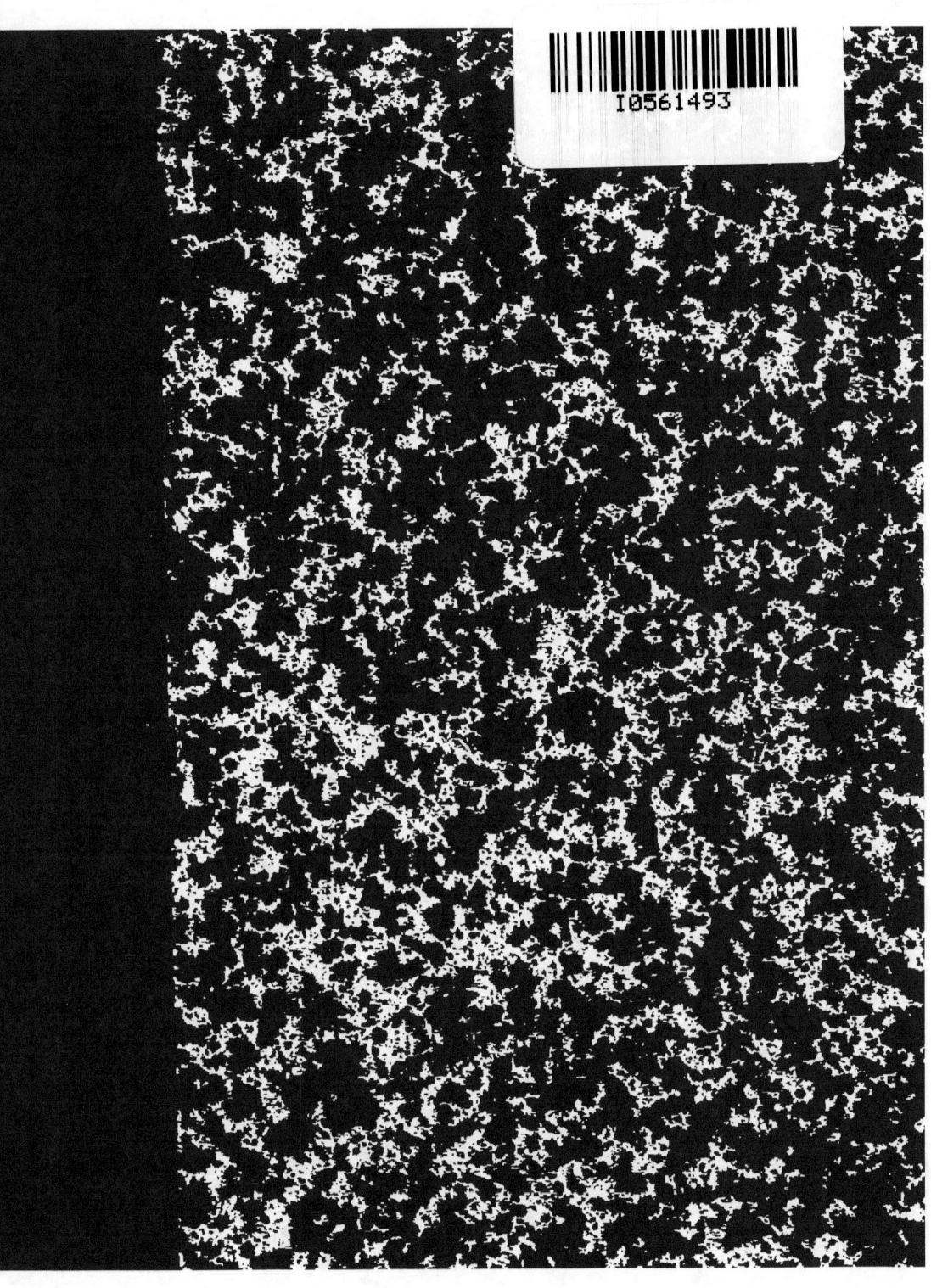

MONOGRAPHIE

DE LA

TERRE ET DU CHATEAU

DE LA VERDIÈRE

Et des Familles qui l'ont successivement possédé sans interruption

DU X° AU XIX° SIÈCLE

MARSEILLE

TYPOGRAPHIE ET LITHOGRAPHIE MARIUS OLIVE

RUE SAINTE, 39

1880

MONOGRAPHIE DE LA VERDIÈRE

Déposé par l'Auteur à la Bibliothèque
Nationale. à Paris.

Cet Ouvrage, tiré à 80 exemplaires, n'est pas vendu.

Exemplaire N° 50.

LOUIS MICHEL MARIE PALAMÈDE

MARQUIS DE FORBIN D'OPPÈDE

MONOGRAPHIE

DE LA

TERRE ET DU CHATEAU

DE LA VERDIÈRE

Et des Familles qui l'ont successivement possédé sans interruption

DU Xe AU XIXe SIÈCLE

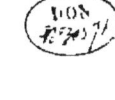

MARSEILLE

TYPOGRAPHIE ET LITHOGRAPHIE MARIUS OLIVE

RUE SAINTE, 20

—

1880

MONOGRAPHIE DE LA VERDIÈRE

CHAPITRE I

SITUATION GÉOGRAPHIQUE DU CHATEAU ET DU VILLAGE. — ARMES DU LIEU. — SA PRODUCTION AGRICOLE. — VILLA ROMAINE. — L'ANCIEN CHATEAU.

La commune de la Verdière, en latin *Verderia* d'après les actes les plus anciens, porte pour armes : *de gueules à un château ouvert, crénelé et sommé de trois tours d'or, maçonné de sable et au chef d'or* (1), en souvenir de ses premiers seigneurs, les Castellane et les Vintimille.

Elle est située sur le prolongement d'une petite colline, à l'extrémité Ouest du département du Var, dans le canton de Rians (2). Elle fait partie du diocèse de Fréjus ; mais, avant la Révolution de 1793, elle appartenait au diocèse d'Aix. C'était le chef-lieu de la seigneurie de ce nom, dont dépendaient les terres contiguës de Brauche , de Saint-Julien-le-Montagnier, de Varages, de Bezaudun. Le tout constituait un fief qui, après

(1) Planche XXVIII.
(2) Planche I.

avoir appartenu tour à tour aux maisons de Castellane, de Vintimille, puis encore de Castellane, devint un fief de la maison de Forbin.

Le bourg de la Verdière domine quatre petites vallées : l'une à l'Ouest, allant vers le village de Ginaservis et la rivière de la Durance ; l'autre à l'Est, se dirigeant vers le village de Varages et les villes de Barjols et de Fréjus ; la troisième au Sud ouest, dans la direction des villes de Rians, d'Aix et d'Arles ; et enfin la quatrième, allant vers le village de Montmeyan et la ville de Castellane, qui se trouve sur le versant des Alpes françaises. Les routes qui circulent dans les vallées n'étaient jadis que de simples sentiers ou plutôt des *carrairades*, comme on appelait les chemins que suivaient, au printemps, les nombreux troupeaux se rendant à la montagne.

Au pied du village de la Verdière, coule un faible ruisseau où se déversent plusieurs sources servant aux usages de la population. Du sommet où est placé le château, l'on embrasse un horizon de vingt lieues dans tous les sens, excepté du côté de l'Est où la vue est arrêtée par un coteau qui forme le parc. Cet horizon a pour limites : au Nord, les montagnes des Hautes-Alpes, de Moustiers et de Castellane ; à l'Ouest, le mont Ventoux et le Lubéron ; au Midi, les cimes de Sainte-Victoire et de la Sainte Baume ; et enfin, au Sud-est, les forts qui dominent la ville de Toulon, et la chaîne des Maures.

Les habitants cultivent le blé, la vigne et l'olivier ; mais la plus grande partie du territoire est occupée par des bois de chênes verts. L'air y est vif et pur, comme dans tous les pays de montagnes. L'été, les orages y sont assez fréquents ; et l'hiver y est moins rigoureux que la situation ne semblerait l'indiquer.

Les environs de la Verdière ont été successivement occupés

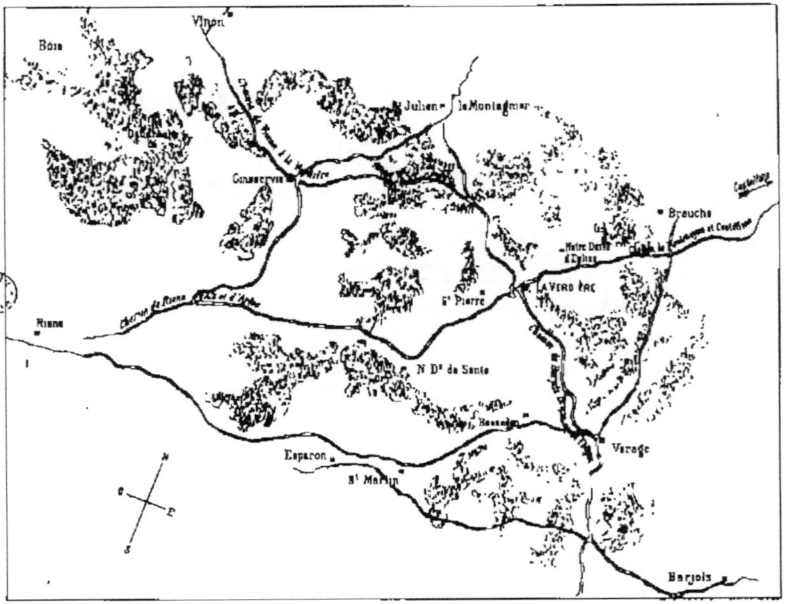

ROUSTAN, DEL D'APRES CASSINI

PHOTO LITHOR. VARIUS OLIVE

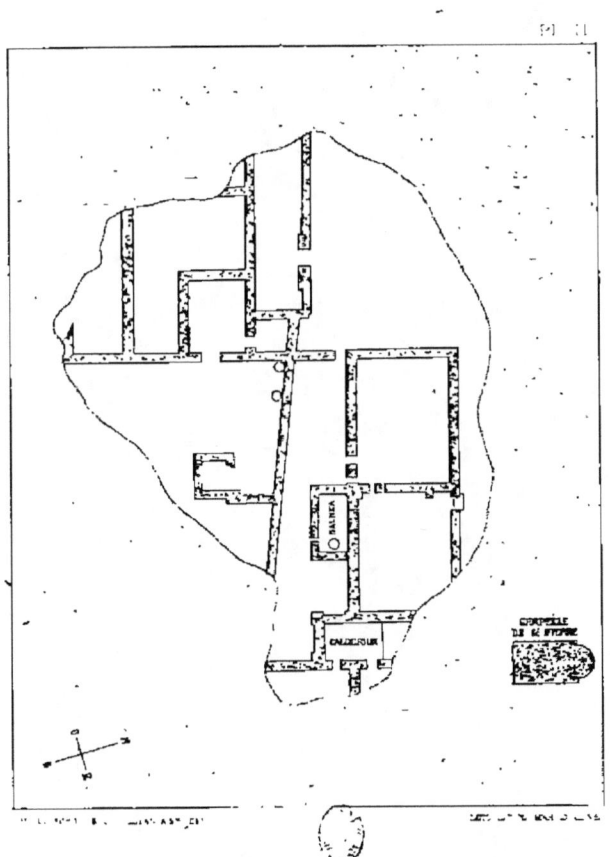

par des peuples celtes, gaulois, romains et gallo-romains, et
ils ont été dévastés, plus tard, à l'époque des invasions des
Barbares.

On peut constater sur un mamelon, dit actuellement *Notre-
Dame des Anges*, en face du village, des restes d'un petit camp
gaulois dont l'existence est attestée par de nombreux fragments
d'anciennes poteries de cette époque, trouvés dans cette partie
du sol. Ceci n'a rien de surprenant, puisqu'il a été reconnu
que les Gaulois se fortifiaient toujours sur des sommets isolés,
et les Romains sur le prolongement de plateaux élevés. Ce
camp gaulois a dû devenir plus tard, sous les Romains, la
raison d'être du château fort qui a été construit sur le sommet
en face. En effet, les châteaux forts existaient, comme on l'a
dit (1), avant et pendant la période romaine, tandis que
les châteaux seigneuriaux ne datent que de la féodalité. L'ancien
château fort avait un caractère public, tandis que le château
seigneurial avait un caractère privé.

Des découvertes faites à l'ancien hameau, dit de *Saint-Pierre*,
à peu de distance de la Verdière, y ont fait reconnaître une villa
romaine (2). Les ruines en sont assez considérables. On y voit les
restes d'un établissement de bains, qui annoncent une certaine
recherche. Des fragments de marbres provenant de carrières
d'Italie épuisées depuis longtemps, s'y rencontrent en abondance.
Ces marbres sont d'un blanc très pur, sans veines, comme de
l'albâtre ou bien d'un blanc veiné de gris. Un grand nombre de
petits cubes, noirs, bleus et blancs, indiquent qu'il devait y avoir
des mosaïques ; mais rien d'intact n'a pu être retrouvé jusqu'à
présent. Ces lieux ont été évidemment brûlés, dévastés et

(1) *Monographie du château de Mauvesin*, par M. Curie Seuvères, p. 2.
(2) Planche II.

saccagés. L'état dans lequel sont les ruines, le charbon, les cendres que l'on y voit, ne laissent aucun doute à cet égard. Au milieu de tous ces décombres, il n'a été trouvé qu'une monnaie à l'effigie de Constantin et une autre à celle d'Antonin, un petit fragment de bijou, de nombreux débris de poterie rouge très fine, d'autres de poterie noire et grise ; malheureusement, pas un seul vase entier.

Dans les champs avoisinants, on a découvert un très grand nombre de tombeaux gallo-romains construits avec de grandes briques plates ; et, dans un de ces tombeaux, le squelette portait au bras un anneau en cuivre d'un travail fort grossier. Près de ces fouilles se trouve une vieille petite chapelle en ruine, dite de *Saint-Pierre*, dont la construction est semblable à celle de la villa, et c'est vers cette petite construction que doivent se porter les investigations.

Au X° siècle, pendant que le royaume était divisé en royaume de Bourgogne, royaume d'Arles, et royaume de Provence, Guillaume de Castellane, d'abord gouverneur de la ville de Castellane pour l'empereur, en resta le seul maître en 987, et la maison de Castellane a possédé longtemps cette ville en toute souveraineté ; les chartes du X°, du XI° et du XII° siècle en font foi.

Le fief de la Verdière, dont il est ici question, appartenait, en l'an 1000, à la même famille. Les plus anciennes constructions qui ont été retrouvées, notamment certaines bases du château, portent le caractère de cette époque. Il est à croire que Guillaume de Castellane en fut le premier auteur, autant qu'on peut le conjecturer.

Ce château devait avoir une certaine importance comme point fortifié(1), attendu qu'il commandait la route d'Arles à Castellane.

(1) Planche III.

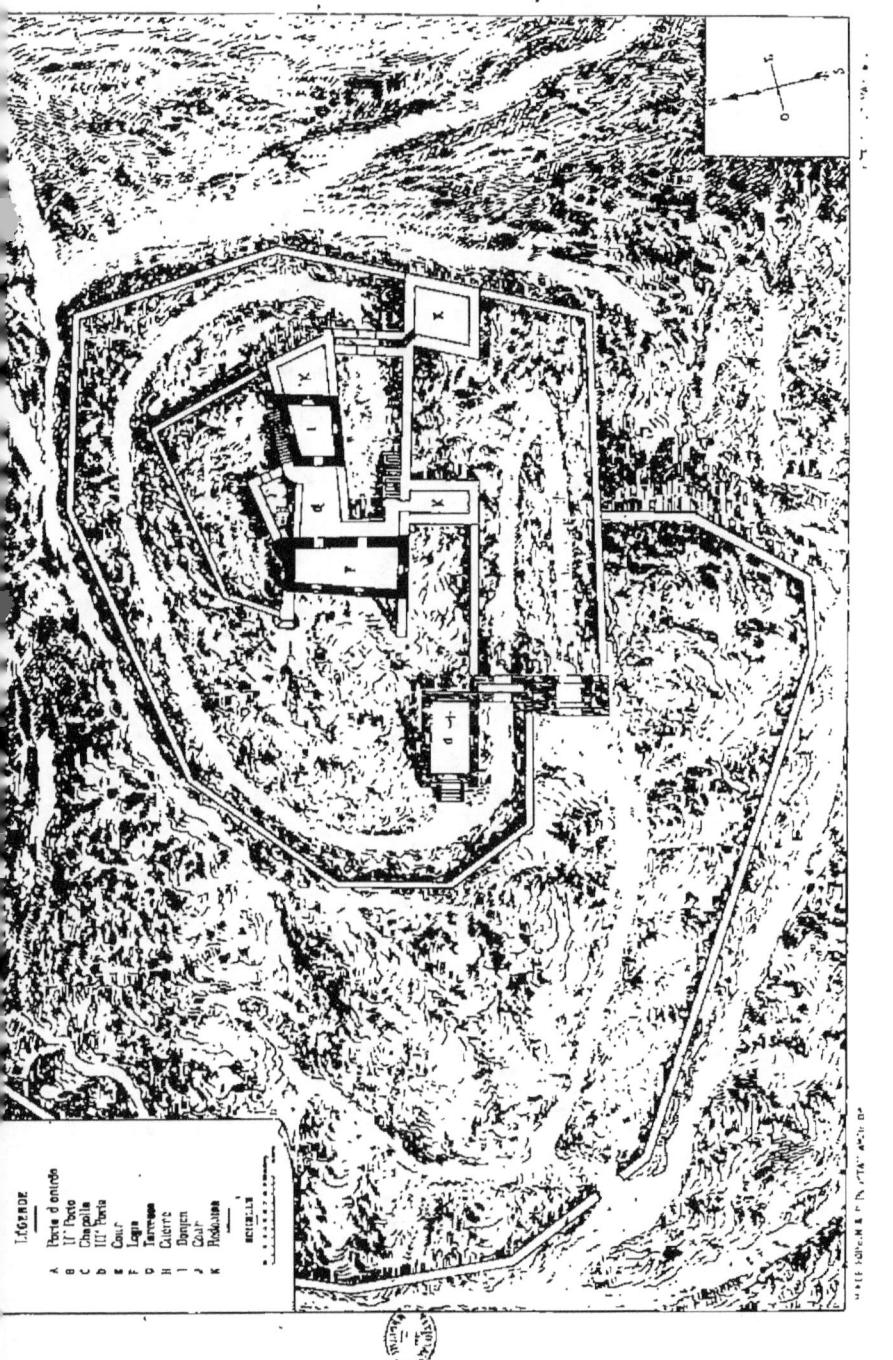

Sa première entrée (A) se trouvait en contre-bas de l'escalier
actuel de l'église et, par un chemin de ronde, on faisait tout
le tour du château. Ainsi, après avoir passé la deuxième porte
(B), on trouvait à sa droite une petite chapelle (C) construite en
style roman, notamment son portail. Ces églises, très anciennement destinées au service d'agglomérations isolées les unes
des autres et fort peu populeuses, étaient généralement petites.
Dans les troubles, les vieillards, les malades, les femmes, les
enfants y cherchaient asile et c'est ce qui explique pourquoi
elles présentent dans l'ébrasement de leur porte d'entrée des
rainures de sûreté correspondant à des trous profonds et régu-
lièrement quadrangulaires sur toute leur longueur ; à la
période romane, on logeait dans ces trous de fortes barres
de chêne destinées à prêter horizontalement leur concours aux
gonds et aux verrous de l'intérieur (1). Après avoir passé
devant cette chapelle on se dirigeait au Nord, à l'abri de hautes
murailles, et on gagnait la porte principale (D) ; cette porte
donnait accès au château par la cour intérieure (E).

Le château se composait d'un corps de bâtiment (F) sur le
sommet du rocher, orienté du Nord-ouest au Sud-est et dans
lequel se trouvaient une salle basse, construite dans la déclivité du rocher ; au dessus, une autre salle pouvant contenir
deux ou trois cents hommes. Au-devant de ce corps de bâtiment était une assez grande terrasse (G) ayant à gauche une
citerne (H) creusée en partie dans le roc. Les pierres de la
margelle accusent par leurs moulures une grande ancienneté.
A l'extrémité de cette terrasse était une grosse tour carrée (I)
à angles en fausse-équerre, dominant et protégeant d'un côté

(1) De quelques monuments d'art chrétien du versant des Pyrénées, par l'abbé
CAZERO, p. 6.

la cour (j) et de l'autre la porte d'entrée. Cette porte donnait accès, comme je l'ai dit, dans la cour intérieure, laquelle s'allongeait en-dessous de la terrasse et se trouvait fermée par un rempart ayant deux redoutes (k). C'est par cette cour que l'on arrivait au corps de logis.

Le caractère de cette forteresse (1) était celui des constructions du XI° et du XII° siècle : petits cubes de pierres assemblés, avec les angles taillés grossièrement en pointe de diamant, comme dans les constructions de la ville d'Aigues-Mortes dans le département du Gard, comme les restes même de l'ancienne muraille d'enceinte du vieux village de Saint-Julien-le-Montagnier, tout près de la Verdière (2), et les restes de la commanderie de Saint-Antoine, ancienne demeure des Templiers, sur la route de Rians à la Verdière.

(1) Planche IV.
(2) Planches XV, XVI.

CHAPITRE II

MAISON DE CASTELLANE. — SES ARMES ET SA GÉNÉALOGIE. —
BONIFACE III N'AYANT PAS VOULU PRÊTER HOMMAGE A ALPHONSE,
COMTE DE PROVENCE, LA TERRE ET LE CHATEAU DE LA VERDIÈRE
SONT CONFISQUÉS. — LE CHATEAU ET LA TERRE SONT RENDUS A
BONIFACE V, PAR CHARLES, COMTE DE PROVENCE ; MAIS ILS SONT DE
NOUVEAU CONFISQUÉS.

Plusieurs auteurs ont prétendu que la maison de Castellane
était sortie des princes de Castille, à cause de la conformité
de ses armes avec celles de ce royaume : *de gueules à un
château ouvert, crénelé, et sommé de trois tours d'or, maçonné de
sable* (1) ; mais d'autres assurent, au contraire, qu'elle tirait son
origine de la ville dont elle porte le nom et les armes. L'abbé
Robert (*État de la Provence*, 3ᵐᵉ vol., 1693) semble croire
cependant à la première version, puisqu'il dit qu'il existe une
charte de l'an 1023, dans les archives de Saint-Victor de
Marseille, où il serait fait mention que la ville de Castellane
portait anciennement le nom de *Ducelia*, et prit seulement plus
tard celui de *Petra Castellana*.

(1) Planche XXVIII.

Quoi qu'il en soit, il n'en est pas moins certain que la maison de Castellane a toujours tenu un rang très-considérable dans la province, et qu'elle a toujours eu de la peine à se soumettre aux comtes de Provence.

Elle était si puissante, que Boniface Ier possédait comme seigneuries, en 1081, les terres de Castellane, de Salernes, de Villecroze, d'Entrecasteaux, d'Allemagne, d'Esparon, de Saint-Martin, de Castelet, de la Robine, de Rousset, de Brunet, de Peyrolles, de Châteaux-Vieux, d'Eaux, de la Garde, de Castillon, de Bobion, de Boade, de Taulanne, de Brieux, de Châteuil, de Baudi, de Taloire, de Torames, de Barrème, de Toren, de Corchon, de Majastre, de Brauche, de Bezaudun, de la Verdière.

Les Castellane ont été alliés aux plus grandes maisons de la Provence.

Boniface II Petra de Castellane fut le premier baron qui prêta hommage, en 1146, à Raymond Bérenger, comte de Provence, dans la ville de Tarascon. A cette époque, le roi Gilbert, de la dynastie des Bozon, avait deux filles : Etiennette et Douce. Il maria la première au seigneur des Baux, la seconde à Bérenger, comte de Barcelone, à qui la Provence échut en partage. Boniface II suivit le parti de la princesse Etiennette des Baux. Après lui, Boniface III, seigneur d'un grand nombre de terres, dont vingt-six châteaux, voulant être traité en souverain de ses petits états, prétendit se soustraire à l'hommage ; et par là il obligea Ildefonse, comte de Provence, à passer le Rhône et à venir l'assiéger dans la ville de Castellane. Réduit à la dernière extrémité, il fut contraint d'accepter la loi du vainqueur. Il se retira à Grasse, où il prêta hommage en 1189.

Boniface IV ne jouit pas de la terre de la Verdière ; ce ne fut que soixante ans plus tard, en 1249, que Romée de Villeneuve,

sénéchal de Provence sous Raymond Bérenger III, fit remise du
château à Boniface V, en compensation de la terre de Riez. Le
texte des conditions de la remise était ainsi conçu :

« Au nom du Seigneur, l'an de l'Incarnation 1249, et le
« 13 juin, sachent tous présents et à venir, que Boniface de
« Castellane a reconnu au seigneur Roméo de Villeneuve que
« ledit Roméo lui a rendu le château de la Verdière et l'en a
« remis en possession, par suite de la promesse qu'il lui avait
« faite de lui rendre la terre de Riez à l'époque où cette
« terre fut concédée à Boniface de Riez. De laquelle promesse
« le susdit Boniface tient quitte ledit Roméo, en ce qui regarde
« le château de la Verdière seulement, et il renonce à toute
« objection contre la remise de ce château. Et il a été convenu
« entre eux que Cordeil de Remoules tiendra ledit château, au
« nom du seigneur Boniface, jusqu'au retour du comte Charles,
« ou pour le moins durant l'espace de deux ans. Et pendant ce
« temps, ledit Boniface ne pourra pas donner la garde de ce
« château à un autre qu'à Cordeil, parce qu'il s'y engage
« expressément envers le seigneur Roméo.

« Lui promettant de plus qu'il ne livrera pas, ni fera livrer le
« susdit château à Boniface de Riez ou à ses frères, à moins
« qu'il n'en ait obtenu l'autorisation formelle de Roméo. Et
« ledit Boniface s'engage, avec obligation de tous ses biens, à
« observer toutes ces choses, et chacune d'elles, sans y contre
« venir jamais en rien ; renonçant à tout droit qui pourrait lui
« permettre soit d'y contrevenir soit de les faire révoquer. Ceci
« a été fait à Remoules, dans les prés, devant les témoins
« suivants : Arnaud de Villeneuve, Hugues Reymond, Cordeil
« de Remoules, Isnard de Remoules, et Bernard Carbonel, juge
« du seigneur Boniface ; et moi Dozel, jadis institué notaire par
« l'illustre comte de Provence, Raymond Bérenger, j'ai écrit

« celte charte, sur la demande des deux parties, et j'y ai mis
« mon signe (1)

Boniface V, fils de Boniface IV et d'Agnès Spada, et son frère
appelé Boniface également, mais surnommé Galbert, furent tous
les deux chefs de branches, l'une de Riez, l'autre de la Verdière.

Boniface V de Riez eut pour fils Boniface VI et Hugues.
Boniface VI se rendit célèbre par ses poésies, et Hugues fut
l'auteur des branches de Grimaud, de Mazaugue, de Majastre,
de Tournon et d'Allemagne.

Boniface V avait épousé Alix des Baux, fille de Hugues,
vicomte de Marseille. Quelques auteurs prétendent qu'ayant
porté les Marseillais à la révolte contre Charles d'Anjou, frère
de saint Louis et comte de Provence du chef de sa femme
Béatrix, héritière de Raymond Bérenger, il fut décapité à
Marseille en 1257, et toutes ses terres confisquées.

Quoi qu'il en soit, le château de la Verdière ne fut plus
rendu à la maison de Castellane et resta en la possession des
comtes de Provence de la maison d'Anjou. Si cette terre et ce
château revinrent plus tard encore à la maison de Castellane,
ce fut par une alliance avec la maison de Vintimille, laquelle
avait échangé son comté de Vintimille contre la terre de la
Verdière.

(1) *Archives départementales des Bouches du-Rhône*, inv. somm. B, 343, F. du T. K.
— liasse.

CHAPITRE III

Emmanuel de Vintimille, père de Boniface Ier, avait été
pendant deux ans, de 1219 à 1222, assiégé dans son château
de Vintimille par les Génois. Il demanda du secours à Charles
d'Anjou, comte de Provence, roi de Naples et de Sicile, et traita
avec ce Prince.

De là vint la pensée d'un échange du comté de Vintimille
contre la terre de la Verdière et un accord entre Gérard de
Sériano, sénéchal de Provence et de Forcalquier *part*, et au
nom dudit Charles d'Anjou, Béatrix sa femme, et Boniface Ier
de Vintimille, fils de défunt Emmanuel de Vintimille.

Dans cet accord, qui est de l'an 1258, « Ledit Boniface,
« en son nom et en celui de son frère autant qu'il voudrait

« l'approuver, promet de donner toutes les terres qui avaient
« appartenu à Emmanuel leur père, et tous les droits qu'ils
« pouvaient avoir dans tout le comté de Vintimille...... et
« ledit sénéchal, audit nom, promet de donner une terre du
« revenu de cinq mille sols annuellement, franc ledit revenu
« de toutes exactions. soit qu'elles consistent en cavalcades,
« fouage, ou albergue, soit en composition de cinq sols par
« feu, ou plus, au cas de mariage, de guerre, achat de terre,
« voyage d'outre-mer, etc.......... Pour laquelle terre
« toutefois ledit Boniface et son frère feront hommage à la
« comtesse, et dans icelle ledit Boniface et son frère auront
« toute juridiction et seigneurie entière...... Auront un juge
« dans leur terre, qui puisse connaître de toutes choses, et, en
« cas d'appel, le droit de donner un juge d'appellation, sans que
« le sénéchal ou autres officiers puissent se mêler à la juridiction
« de cette terre, si ce n'est pour vol fait aux chemins publics,
« ou invasion dans les églises...... et sans que le comte et la
« comtesse de Provence puissent établir, ni tenir cour dans
« ledit lieu. »

Accord qui fut ratifié par Georges, frère de Boniface (1)

Plus tard, pour corroborer cet accord de 1258, il advint un
acte d'échange, l'an 1262, par lequel « Charles d'Anjou, comte
« de Provence, et Béatrix sa femme donnent à Alasie, femme de
« Boniface, recevant au nom de ses enfants et dudit Boniface,
« le château de la Verdière, avec son terroir, celui de Brauche,
« de Montbrison et d'Hermes avec leurs pasquiers et toutes
« leurs appartenances, seigneuries et juridictions, et toutes les
« propriétés, possessions et droits qu'ils avaient dans ledit lieu. »

La maison de Vintimille, qui s'établit à la Verdière, était

(1) *Archives du château de la Verdière*, dossier du XIV° siècle.

une maison fort ancienne, originaire de Sicile, où plusieurs branches ont continué à vivre et se sont successivement éteintes, comme celles de Provence. L'une des branches portait le nom de Lascaris, parce que Guillaume de Vintimille avoit épousé Eudoxie de Lascaris, fille de Théodore II Lascaris empereur des Grecs à Nicée, et d'Hélène, fille d'Azem roi de Bulgarie, petite-fille de Jean Vatace empereur de Constantinople (1).

La maison de Vintimille la Verdière s'est surtout illustrée sous le nom de Lascaris de Tende. Anne de Lascaris, comtesse de Tende, porta ce comté à René de Savoie, marquis de Villars, grand-maître de France, gouverneur et grand sénéchal de Provence. De cette maison sont sortis : quatre évêques de Riez, dont l'un fut évêque de Beauvais, comte et pair de France ; un grand-maître de l'ordre de Malte, et divers commandeurs ; un évêque de Carpentras en 1636 ; un évêque de Marseille, qui fut plus tard archevêque de Paris.

Toutes les branches de cette maison, fixées en Provence, sont sorties des seigneurs de la Verdière, et toutes sont issues d'Emmanuel Ier fils d'Othon, chef de cette maison (2).

Boniface Ier, fils d'Emmanuel Ier, eut un fils, Emmanuel II, qui avait épousé Sybille de Signe, dame d'Evenos, fille de Guillaume de Signe des vicomtes de Marseille, et qui eut pour fils Boniface II, lequel, après avoir perdu Béatrix d'Agoult, sa première femme, épousa en seconde noces Philippine de Sabran. Boniface ne fit pas son testament en faveur de son fils, Reyné Ier, mais en faveur de son petit-fils, en l'an 1330, le 22 juin (3).

---

(1) Père Anselme, t. II. p. 286. — La maison de Vintimille portait pour armes : *de gueules au chef d'or.* Les Vintimille la Verdière ajoutèrent quatre épis de millet, trois en chef et un en pointe de l'un en l'autre, ce qui est confirmé par un vieux parchemin des archives de la Verdière. (Planche XXVIII.)

(2) Père Anselme. t. II. p. 291.

(3) *Archives du château de la Verdière.*

3

Boniface avait un frère nommé Bertrand, qui fut l'auteur de diverses branches, entre autres de celles d'Ollioules et du Luc, branches éteintes; la dernière, celle du Luc, en la personne de madame la comtesse de Ségur.

Reyne 1er fut un seigneur très riche et très magnifique. De son premier mariage avec Etiennette de Blacas, maison qui portait pour armes, en ces temps-là, *un chêne*, arbre appelé *blacas* en provençal (1), il n'eut point d'enfants; mais il eut de Sybille de Castellane: Reyne II et Philippe; cette dernière fut mariée à François des Baux, baron d'Aubagne.

Reyne II passa, à cette époque, avec les habitants de la communauté de la Verdière, une transaction qui est un intéressant monument des statuts locaux de ce temps.

Dans cette transaction, qui est du 11 juillet 1330, Guillaume de Blacas, bailli du lieu, convoque les habitants pour rendre hommage au nouveau seigneur, Reyne II, et cela en vertu d'une reconnaissance de vassalité du 3 juillet 1200 et conformément à une transaction postérieure entre Emmanuel et son fils Boniface d'un côté, et leurs vassaux de l'autre; transaction datée du 4 juillet 1313, et qui avait été provoquée par les lettres patentes de Charles II, du 15 mars 1300, en faveur des habitants. Mais la transaction de 1313 ayant souffert difficulté dans son exécution de la part d'Emmanuel de Vintimille, quoiqu'il eût provoqué l'arbitrage de l'archevêque d'Embrun, Guillaume de Bénévent, il intervint des lettres patentes du roi Robert, du 28 janvier 1314, confirmant les lettres patentes de son père, Charles II, de 1300, lesquelles obligeaient Emmanuel et Boniface, son fils, à se soumettre.

Reyne II, pour terminer ces différends, passa nouvelle transac-

(1) *États de Provence*, par l'abbé Robert, t. I, p. 391.

tion, divisée en nombre de chapitres et d'articles, tels que droits
de pâturage, privilége d'habitation dans le château, quelques
concessions accordées aux troupeaux de passage, garde du
territoire, droit d'albergue, etc. Ces chapitres et ces articles tou-
chent à toutes les questions et forment de véritables statuts
municipaux. Les troupeaux, à cette époque, jouaient un très
grand rôle dans l'agriculture. Il est dit, tout d'abord, pour en
écarter le plus possible les troupeaux étrangers :

« ARTICLE PREMIER. — Le seigneur ne permettra aux trou-
« peaux étrangers, de venir paître dans le terroir ; mais, excepté
« les troupeaux étrangers qui descendent des montagnes, qui
« peuvent séjourner deux jours et deux nuits, et pour éviter
« toute infraction, les habitants doivent nommer vingt per-
« sonnes, sur lesquelles le seigneur doit désigner six pru-
« d'hommes.

« ARTICLE II. — Si quelque habitant de la Verdière avait
« actuellement à mégerie un troupeau étranger, il pourra ter-
« miner le temps de son engagement, mais non le renouveler.
« Le seigneur pourra pourtant tenir à mégerie un troupeau de
« petit bétail, jusqu'au nombre de 30 trenteniers. Le bétail
« appartenant à Guillaume de Vintimille, frère dudit Boniface,
« et à Sybille sa mère, ne sera pas considéré comme étranger,
« pourvu que l'on évite toute fraude.

« ARTICLE III. — Le seigneur et son baile choisiront, parmi
« vingt hommes désignés par les habitants, quatre communaux
« qui jugeront les questions de bornage et qui, avec le baile,
« termineront toute question de ban. Ils ne recevront, pour
« leur dérangement, que quatre deniers, à payer par les parties
« qui succombent.

« Article IV. — Chaque année, on pourra augmenter ou
« changer les défends, et le seigneur et les habitants ne pour-
« ront y conduire leurs troupeaux.

« Article V. — Pour le droit de fournage, on paiera seule-
« ment deux deniers pour un setier de pain, ou cinq pains sur
« quarante. Les habitants fourniront le bois ; le seigneur fera
« construire et entretenir les fours.

« Article VI. — A raison du cens, ou services qui par le
« passé n'ont pas été payés, le seigneur ne pourra pas pré-
« tendre que les biens pour lesquels on les devait, sont tombés
« en commise (c'est-à-dire en confiscation de fief), et si la chose
« se présentait à l'avenir, il ne pourrait faire cette réclamation
« que durant un an, et il n'aurait qu'un an pour faire prononcer
« là-dessus et terminer la question.

« Article VII. — On fera recevoir, par bons et fidèles
« notaires, les reconnaissances faites au seigneur, pour les
« confirmer ou les réformer, selon qu'il sera reconnu juste.

« Article VIII. — Les habitants de la Verdière feront libre-
« ment fouler leurs blés par leurs animaux, ou par ceux de
« leurs voisins, sans contradiction aucune.

« Article IX. — Les condamnations et les préconisations
« faites jusqu'à ce jour sont annulées, pour tout ce qui n'a pas
« été payé. Les préconisations cesseront , sauf contre les
« voleurs.

« Article X. — On payera, comme d'usage, l'albergue de
« Saint-Michel, c'est-à-dire douze deniers par feu chaque année.

« Article XI. — Lorsque le seigneur mariera son fils ou sa
« fille, ou fera son fils chevalier, ou qu'il aura des hôtes de
« haut rang, comme des évêques ou le sénéchal, etc., ou qu'il
« fera une fête générale, tous ceux qui le pourront recevront
« des hôtes, et pourront être contraints à leur donner des
« lits.

« Article XII. — Pour l'entretien de la forteresse du château
« de la Verdière, l'on observera l'ordonnance de l'archevêque
« d'Embrun.

« Article XIII. — Le seigneur ne pourra pas défendre aux
« habitants de chasser, si ce n'est dans le défeud et dans les
« terres particulières, sauf la chasse des perdrix, qu'il pourra
« prohiber depuis le carême jusqu'à la mi-août, avec amende
« de cinq sous pour chaque perdrix et de douze deniers pour
« les œufs pris dans le nid.

« Article XIV. — Pour les poids et mesures, on exécutera
« ce qui a été réglé par l'archevêque d'Embrun, et le seigneur
« tiendra des poids et des mesures légales, auxquelles les habi-
« tants conformeront les leurs.

« Article XV. — L'on s'en tiendra aux mêmes règlements
« au sujet des animaux appartenant aux habitants, que le
« seigneur ne pourra s'approprier ; mais il pourra prendre à
« volonté les poules et poulets, en donnant pour les premières
« huit deniers, et quatre deniers pour les autres.

« Article XVI. — On s'y tiendra aussi, pour ce qui a été
« par lui ordonné pour l'emprisonnement des délinquants ; mais
« ceux qui auront été pris en flagrant crime pourront être

« retenus captifs jusqu'à l'arrivée du juge, pourvu que l'on se
« hâte d'instruire l'affaire. Si elle devait traîner en longueur, on
« admettra la caution, à moins qu'il ne s'agisse de crime qui ne
« la comporte pas.

« Article XVII. — Dans les cinq cas suivants : le mariage
« d'une fille, la chevalerie d'un fils, l'achat d'une terre noble en
« Provence, un voyage outre-mer, le rachat de sa personne,
« chaque feu (1) donnera six sous au seigneur ; et la moitié
« seulement, si une fille entre en religion.

« Article XVIII. — ....

« Article XIX. — En ce qui regarde la plainte soulevée
« par quelques-uns, touchant des possessions occupées par le
« seigneur Emmanuel, père de Boniface, celui-ci continuera
« sans contradiction à posséder ces biens.

« Article XX. — A raison des concessions contenues dans
« la présente transaction, la communauté des hommes de la
« Verdière payera, chaque année, au seigneur, pour la fête de
« Saint-Michel, la somme de soixante livres qui seront réparties
« selon les facultés de chacun, par quatre prud'hommes, qui
« règleront la taille.

« Article XXI. — Si la cour royale commande la cavalcade

(1) En Provence, les biens nobles se divisaient en *florins* et les biens roturiers
en *feux*. Chaque florin représentait 600 livres de rente sur lesquelles était
prélevé le vingtième. Chaque feu représentait 50,000 livres de fonds, soit 2,500 livres
de rente sur lesquelles l'on prélevait le vingtième. La Provence était taxée à 2,000
florins, soit 1,200,000 livres de rente, dont le vingtième 60,000 livres ; 3,037 feux,
soit 151,800,000 livres de fonds, soit 7,590,000 livres de rente, dont le vingtième
320,000. Vingtième total pour la Provence : 380,000 livres. *(L'Ami des Hommes,* par
Mirabeau, t. IV, p. 58 et 62.)

« dans le baillage de Saint-Maximin, les hommes de la Verdière
« donneront au seigneur, en subvention, 15 livres, et il ne
« pourra rien exiger de plus pour toute une année.

« ARTICLE XXII. — Ceux qui ont des vignes franches qui ne
« sont soumises à aucun droit, feront leurs vendanges quand ils
« le voudront.

« ARTICLE XXIII. — Les habitants feront eux-mêmes la
« répartition des tailles.

« ARTICLE XXIV. — Toutes les décisions de l'archevêque
« d'Embrun, non contraires à la présente transaction, seront
« fidèlement observées.

« ARTICLE XXV. — Le seigneur promet aux habitants, et
« réciproquement, d'éviter toute fraude ou mauvais vouloir
« dans l'accomplissement de ces accords, et il est stipulé
« expressément que s'il permet l'entrée aux troupeaux étran-
« gers, on ne lui payera pas les soixante livres conve-
« nues pour chaque année.

« ARTICLE XXVI. — Le seigneur Boniface fera ratifier et
« jurer à son père Emmanuel et à son fils ladite transaction,
« et à l'avenir tous les nouveaux seigneurs devront jurer aussi
« de l'observer ; les syndics et la commune en feront de même.

« Fait à Aix, dans le grand cloître du monastère de Notre-
« Dame de Nazareth ; 1313. »

Suivent les signatures de 225 noms, dont plusieurs sont
encore représentés à la Verdière, tels que : Jacques Brémond,

Bertrand Isnard, Vincent Ollone, Guillaume Fabre, Pierre Marcellin, Guillaume Baudisson, Pierre Coquillat, Guillaume Jassaud, Reffredi Pourrières, Fouque Moure, Benoît Bérenger, Reffredi Arnoux, etc. (1).

(1) *Archives du château de la Verdière*, dossier du XIVe siècle, n° 4, liasse B.

CHAPITRE IV

AGRANDISSEMENT DE L'ÉGLISE. — AGRANDISSEMENT DU CHATEAU. — TESTAMENT DE PHILIPPE DE VINTIMILLE, DAME DES BAUX, EN FAVEUR DE RÉFORCIAT DE CASTELLANE, SON COUSIN GERMAIN.

Le château de la Verdière, pendant l'intervalle de 1262 à 1437, a été possédé par la maison de Vintimille. C'est pendant cette période de 175 ans, que le château et l'église subirent de grands changements. La petite chapelle qui se trouvait près de la porte d'entrée de l'enceinte abritée par le rempart, fut démolie, et une église beaucoup plus vaste la remplaça (1). Orientée primitivement de l'Est à l'Ouest, comme cela doit être, elle fut alors orientée du Nord au Sud, de même que le château, et prolongée jusqu'au rempart, qu'elle mit ainsi à profit, tant pour s'allonger que pour s'élargir.

Elle existe actuellement presque telle qu'elle a été construite à cette époque. Elle consiste en un grand vaisseau à une seule nef, partie en plein cintre, partie en ogive. La partie du chœur et trois chapelles du côté du château, sont à plein cintre et ont dû être le début de la construction.

(1) Planches V, VI, VII, VIII.

4

L'une des chapelles, la première, près du chœur du côté de l'épître, a ses voussures terminées par des masques de figures informes qui doivent provenir de la chapelle primitive (1).

Dans la seconde se trouve l'emplacement d'un tombeau creusé dans l'épaisseur de la muraille, que l'on désigne encore comme le tombeau de la maison de Castellane, et qui a dû être primitivement celui de la maison de Vintimille. Ce tombeau ayant été saccagé à la Révolution de 93, les cendres en furent jetées au vent par des mains brutales et impies. Il ne reste maintenant, à proprement parler, que l'emplacement, indiqué par un arceau que l'on prendrait facilement pour une porte, si le rocher vif ne se trouvait derrière.

La troisième chapelle est également en plein cintre, mais la quatrième et la cinquième, toujours du même côté, sont en ogive.

Du côté de l'évangile, les deux premières sont, comme celles du côté de l'épître, à plein cintre, et les trois autres en ogive.

L'une d'elles a été supprimée par la construction du presbytère actuel. Dans l'escalier de ce presbytère, on peut voir les restes d'un cintre en pierre qui a dû faire partie de la porte de l'ancienne chapelle ; en effet, il est aussi à remarquer que le cordon formant soubassement de la façade actuelle de l'église, a été remanié, et que la porte a dû être transportée dans un autre lieu. Les premières pierres d'assise indiquent une plus grande ancienneté que la voûte et son cintre ogival, d'où il est facile de conclure que, de même que le cordon de la façade a éprouvé un déplacement, le portail appartenant à l'ancienne petite chapelle a dû subir plus tard la loi de l'ogive, généralement adoptée au commencement du XIIIme siècle. Je dirai plus : le sol de l'église, à partir du chœur à la porte, étant établi sur une forte pente et

(1) Planches IX, X, XI.

PL. V

F. HOUSTAN, ARCH. DEL.   PHOTO. LITHOG. MARIUS OLIVE.

ÉGLISE   PLAN

ÉGLISE - COUPE TRANSVERSALE

Pl. VI

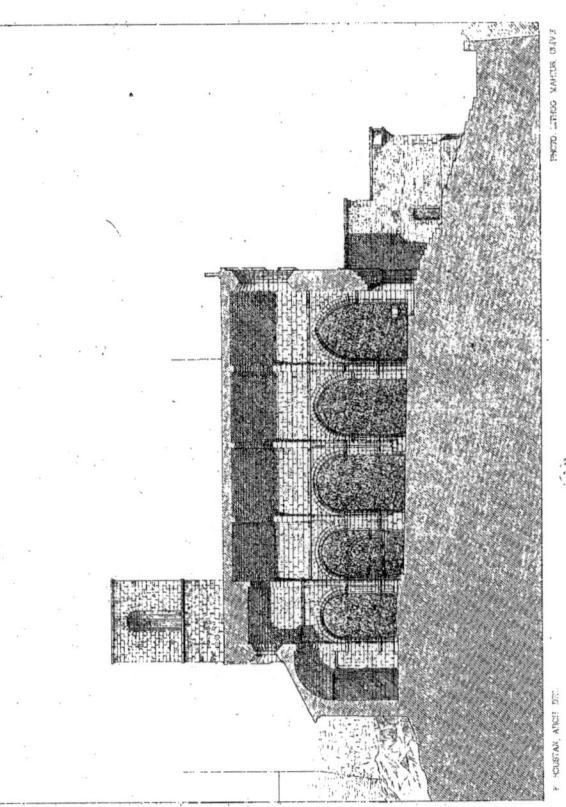

F. HOUSTART. ARCH. DEL.

IMPRE. LITHO. VICTOR CRAYS

F. MOUSTAS, ARCH. DEL.

PHOTO LITHOG MARIUS OLIVE.

FAÇADE PRINCIPALE

CULS-DE-LAMPE
CÔTÉ DE L'ÉPITRE

CHAPITEAUX DES PILASTRES, CÔTÉ DE L'ÉVANGILE

CULS-DE-LAMPE
CÔTÉ DE L'ÉVANGILE

CHAPITEAUX ET CORDONS DES PILASTRES, CÔTÉ DE L'ÉPITRE

F. MOUSTAN ARCH. DEL.

PHOTO LITHOG. MARIUS GUYE.

CLEF DE VOÛTE DE LA 3me CHAPELLE
CÔTÉ DE L'ÉPÎTRE

CLEF DE VOÛTE DE LA 4me CHAPELLE
CÔTÉ DE L'ÉPÎTRE

CHAPITEAU DANS LA 2me CHAPELLE
CÔTÉ DE L'ÉVANGILE

CUVE BAPTISMALE

ÉLÉVATION

PLAN

F. ROZEAN ARCH. DEL.

PHOTO. LITHO. MARIUS CUVE.

GRANDE NEF
DÉTAIL D'UN PILIER

PROFIL A

A

PLAN

PROFIL B

A

B

TOMBEAU

ÉLÉVATION

PROFIL A

PLAN

IMPR. LITHOG. MARTIN, CLIVE.

F. MONTGAT, ARCH. DEL.

F. ROUSTAN ARCH DEL.

PHOTO LYTHOG. MARIUS OLIVE

ÉGLISE - DÉTAILS DU SOCLE DU PORTAIL

COUPE
SUR L'ARCHIVOLTE

COUPE
SUR LE JAMBAGE

PROFIL A

DÉTAIL DU PROFIL B

F. NOURTAN, ARCH. DEL.

PHOTO LITHOG. MARIUS OLIVE

EGLISE — DÉTAILS DU PORTAIL

se terminant par trois escaliers intérieurs à son entrée, si l'on eût laissé subsister le plein cintre, la porte eût été trop basse.

Les moulures du stylobate de ce portail sont du pur roman, et ses colonnettes engagées sont terminées par des masques de figures informes, telles qu'on peut en voir dans toutes les églises du XIme et du XIIme siècle. Le portail de l'église de *Scholten Kirch*, au couvent des bénédictins écossais de Saint-Jacques à Ratisbonne en Bavière, fondé en 1068 par Marian, écossais, porte plusieurs masques de figures tout à fait semblables à celles du portail de la Verdière. Je citerai encore le portail de l'ancienne église de Saint-Jean à Bagnères de Bigorre, et tant d'autres.

A côté de l'ancienne porte, là où est le presbytère, à droite de l'église actuelle, a dû se trouver un ancien clocher, construit par les Vintimille. Les ouvertures pour les cordes se voient encore à la voûte. Ce clocher a été plus récemment transporté sur un autre emplacement, moins bien choisi, puisque les deux tiers du village n'entendent pas les cloches.

La façade de cet édifice est agréable à la vue, malgré l'affreuse horloge dont une administration douée de peu de goût et dépourvue de connaissances archéologiques a eu la malheureuse pensée de l'affubler, au risque de compromettre la solidité des voûtes (1).

Le château, aussi bien que l'église, subit alors des agrandissements (2). Les murailles d'une partie des remparts, au Midi, sous le logis principal, furent doublées (ι) pour faire épaulement à une voûte jetée sur cette cour découverte et, en supprimant la lice (м), on augmenta le corps de logis; deux tourelles en cul-de-

(1) Planches XII, XIII.
(2) Planche XIV.

lampe furent posées sur les angles du nouveau bâtiment. La cour d'entrée dans l'intérieur (E) fut également recouverte par une voûte, de manière à agrandir les terrasses, dont le donjon (t) fut entouré. L'ancienne porte d'entrée (D), devenue sans objet, fut remplacée par une porte et une échauguette sous l'enceinte de l'Est ; il n'en reste actuellement que peu de traces. La porte (B) ayant été supprimée par l'agrandissement de l'église, fut remplacée par la porte (o). C'est ainsi que d'une simple salle, contenant deux ou trois cents hommes, le château, vieille forteresse, commença, par toutes ces modifications, à perdre de son caractère militaire, et à devenir une vaste demeure, digne d'un Vintimille dit *le Magnifique*.

Ce qui est à remarquer, c'est que le château qui va toujours en s'agrandissant, conserve cependant sa forme primitive, grâce aux emprunts faits sur les remparts. Quant aux entrées, elles subsistent presque toujours, aux mêmes emplacements, comme il est facile de le constater sur les plans des diverses époques.

Reyne II ne se maria pas, et mourut après avoir fait avec Boniface de Vintimille, seigneur de Turriez, son cousin germain, un accord par lequel ils convenaient que si l'un d'eux venait à mourir sans enfants mâles, il aurait pour héritier les enfants mâles de l'autre. Malgré cet accord, Philippe, sœur de Reyne II, se mit en possession de tous les biens de cette branche de la maison de Vintimille, et les laissa par un testament de l'an 1409, qu'elle confirma en 1417, à Réforciat de Castellane, seigneur de Foz, son cousin germain du côté de sa mère. C'est ainsi que la terre de la Verdière passa de nouveau dans la maison de Castellane.

Philippe de Vintimille avait épousé François des Baux, lequel possédait à cette époque le château de Saint-Marcel. Par une singulière coïncidence, ces deux terres de la Verdière

LÉGENDE

A Porte
C Église
E Terrasse
F Logis
H Charnie
I Donjon
g Cour

K Réduice
L Murailles écroulées et caves
M Logis nouveaux
N Porte d'entrée
O Porte remplaçant la sortie B

ÉCHELLE

PLAN DU CHÂTEAU XIVe & XVe SIÈCLES

RUE DE POMPEUX & P. PRIGENT

PHOTO LITHOG. MAIGUR OLIVE

et de Saint-Marcel devaient tomber toutes les deux dans une même branche de la maison de Forbin.

François des Baux se trouvant à la Verdière, auprès de sa femme, écrivait, un jour, à son baile de Saint-Marcel :

« *François des Baux, seigneur, etc... à notre Baile de Saint-*
« *Marcel, Pierre Sipeta.*

« Vous avez fait saisir, vous ou notre cour, certains reve-
« nus du damoiseau Guibert Terric de Marseille, comme le dit
« Guibert est venu nous l'apprendre, à l'occasion d'un échange
« fait par lui avec le viguier du feu comte notre frère. Or, nous
« avons été mis parfaitement au courant de cette affaire, tant
« par les explications du susdit Guibert, que par l'acte d'échange
« lui-même, écrit de la main de maître Fouques, notaire public
« d'Hyères, et daté du 19 novembre 1356, lequel commence
« par le mot *Raymond* et finit par le mot *Tretz.*

« Nous vous ordonnons donc, par les présentes, de cesser
« toute poursuite et toute vexation, à raison de cet échange,
« contre ledit Guibert, et de laisser, lui et les siens, en paisible
« possession des biens et des droits que vous lui aviez saisis.
« Vous exécuterez exactement nos lettres, et vous les rendrez
« au porteur, après avoir attesté par écrit que vous les avez
« vues.

« Donné à la Verdière, le 23 du mois d'août 1375, et
« scellé de notre sceau ordinaire (1). »

(1) *Archives du département des Bouches-du-Rhône*, fonds Saint-Victor.

CHAPITRE V

La terre et le château de la Verdière étant rentrés dans la
maison de Castellane par le testament de Philippe de Vintimille,
comtesse de Baux, en faveur de Réforciat de Castellane, seigneur
de Peyrolles et d'Entrecasteaux, son cousin germain (1), la
maison de Castellane les a possédés de nouveau pendant 236 ans,
de 1437 à 1673. Durant ce long espace de temps, survinrent les
guerres de religion. La maison de Castellane tenait une trop
grande place en Provence, à cette époque, pour ne pas jouer un

(1) Planche XXVIII.

rôle important dans toutes ces luttes, malheureusement aussi
longues qu'acharnées. Les Castellane, de même que la plupart
des familles de l'aristocratie, se trouvaient représentés des deux
côtés. Castellane d'Allemagne était calviniste, tandis que Castellane la Verdière restait fidèle au culte catholique. Castellane
d'Allemagne appartenait à la maison du Mas ; mais, par suite
d'une alliance avec les Castellane d'Allemagne, il avait pris les
nom et les armes de Castellane. Il joua le plus grand rôle, à la
tête de protestants.

Le bourg d'Allemagne faisait partie de la viguerie de Riez. Il
est situé près de cette ville, sur la rive gauche du Colostre. Le
château est construit sur une presqu'île formée par cette rivière
et le torrent de Montagnac. Malgré son état de dégradation, il
est incontestablement encore un des plus curieux de la contrée.
Seulement, le propriétaire actuel n'y faisant aucune réparation,
il est probablement condamné à tomber en ruine.

Philibert de Castellane, seigneur de la Verdière, non content
de maintenir le catholicisme dans ses terres, contribua au succès
des catholiques dans divers combats qu'il livra aux huguenots ;
mais, un jour, dans une de ces rencontres, la femme de Somerive,
qui avait remplacé comme gouverneur de Provence son frère le
comte de Tende, la dame de Carcès et quelques autres dames, étant
au camp, reconnurent Mauvans, chef des huguenots, au milieu
d'un groupe de cavaliers. Aussitôt elles firent appel au courage et
à l'adresse de la Verdière, officier de cavalerie d'un grand mérite;
celui-ci, aussi brave que galant, monta à cheval et vint défier le
capitaine des huguenots. Les deux adversaires firent le coup de
pistolet sans se blesser, et ayant tiré leurs dagues, ils se char-
gèrent avec impétuosité. A la deuxième passe, la Verdière fut
atteint d'une profonde blessure, dont il mourut le lendemain,
en 1562.

Philibert de la Verdière était père d'Honorat de la Verdière, de Louis de Bezaudun et de Balthazar d'Ampus. Tous les trois jouèrent un rôle distingué dans leur parti. Castellane d'Allemagne, assuré de l'appui des protestants, fut l'un des plus fougueux capitaines sortis des guerres civiles de Provence. Il agissait en qualité de commandant pour le prince de Condé et en l'absence du maréchal de Danville. Ses principaux lieutenants étaient son frère, le seigneur Delisle, Estoublon de Tourette et Montpezat.

Delisle et Montpezat emportèrent de nuit et par escalade la ville de Riez, où commandait Claude de Castellane la Verdière, et pillèrent les ornements de l'autel et les vases sacrés. Le clocher fut abattu et les cloches brisées. De plus, le baron d'Allemagne prit Aups, qu'il incendia. Le comte de Carcès, de la maison de Pontevès, à la tête des catholiques, informé de la prise d'armes des protestants, ordonna, le 27 juillet 1574, la formation d'un camp à Barjols, situé à une heure et demie de marche au midi de la Verdière et au centre du pays sur la limite de la haute et de la basse Provence, ce qui lui donnait une certaine importance stratégique. Barjols présentait, en outre, au sénéchal l'avantage d'être dans le voisinage de Pontevès et de Carcès, l'un et l'autre fief lui appartenant.

Le comte de Carcès avait avec lui, comme capitaines des plus accrédités, les trois frères Castellane Bezaudun, d'Ampus et de la Verdière. Il envoya de Barjols Hubert de la Garde, sieur de Vins, son neveu, à la tête de deux mille hommes, faire le siège de Moustiers, autre place au nord de la Verdière, où les protestants furent battus.

Cette guerre entre les protestants, dits *Razas*, parce qu'ils ne portaient pas de barbe, et les catholiques, dits *Marabous*, parce qu'ils portaient la barbe, dégénéra en une lutte entre

5

les gentilshommes rivaux , se disputant les terres et le pouvoir.

Le 7 janvier 1579, Castellane la Verdière, beau-frère du comte de Carcès, s'empara par surprise et par escalade du château de Puech, place assez forte, à deux lieues environ d'Aix, d'où il incommodait le peuple de la ville. Il publia qu'il ne cesserait point ses exactions, tant que le gouverneur, le comte de Suze, serait dans la ville. Le comte de Suze fit inutilement appel à la population pour mettre un terme à ces ravages. Le peuple, excité par les agents de Carcès, se mutina, et, appuyant les forces de la Verdière, accabla le gouverneur. Celui-ci, poussé par son fils, jeune homme plein d'ardeur, voulut faire une sortie et aller chasser la Verdière de Puech ; mais le Parlement et les procureurs du pays montrèrent une si mauvaise volonté, qu'il fut obligé d'y renoncer et de s'éloigner. On doit croire que si les combats qui se livrèrent entre les protestants et les catholiques n'eurent jamais pour théâtre le château de la Verdière, c'est que ce château était une forteresse trop bien située pour permettre aux uns ou aux autres de l'emporter par un coup de main.

Pendant ces guerres de religion, aucune grande ville vivant de sa propre vie ne fut assiégée, et les faits de guerre se restreignirent toujours aux localités qui obéissaient directement à un seigneur. A ce titre, le château de la Verdière aurait pu être l'objet d'une attaque, si sa situation, comme je l'ai dit, et ses conditions de défense ne l'avaient mis à l'abri de toute entreprise. De plus, à ce moment, les nobles, qui s'étaient mis à la tête de leurs paysans et ravageaient les terres de leurs ennemis, étaient en réalité trop mal armés pour s'en prendre aux châteaux fortifiés. Ils firent seulement la guerre aux hameaux et aux bourgs mal défendus. Le chef des Carcistes ne s'empara du château de Saint-Julien-le-Montagnier que parce qu'à cette

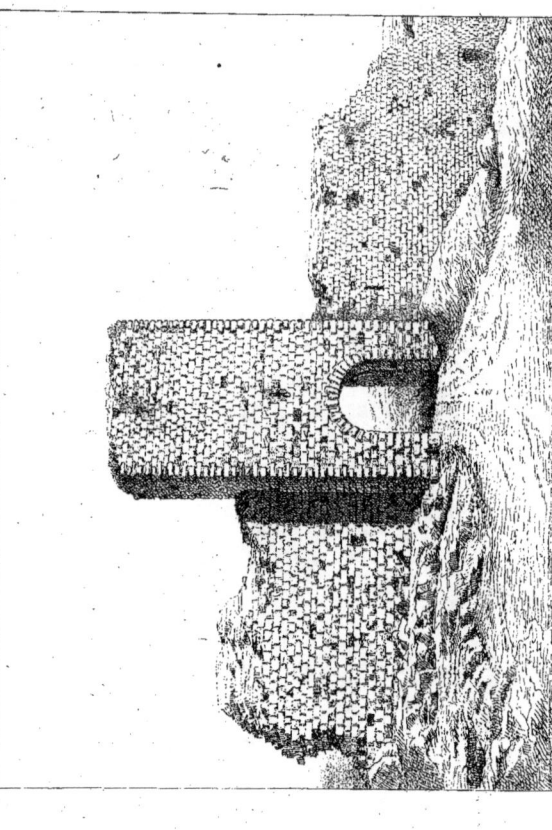

F. ROSEUX ARCH DEL.

PHOTO LITHOG MARIUS OLIVE

ANCIENS REMPARTS DE St JULIEN LE MONTAGNIER

VUE EXTÉRIEURE DE LA PORTE

époque déjà, le château de Saint-Julien (1) était en mauvais
état et ne comptait en quelque sorte, pour sa défense, que sur
sa position très élevée au sommet d'une montagne isolée. C'est
là que fut tué le chevalier de Lagremuse (2).

Après la révocation de l'édit de tolérance de Henri III, le
baron d'Allemagne fut choisi par ses coreligionnaires pour les
commander, tandis que les catholiques reconnurent pour chef
le baron de Vins. Celui-ci indiqua le rendez-vous de ses troupes
à Salon. De leur côté, les chefs protestants s'assemblèrent à
Cadenet, où le baron d'Allemagne, après avoir échoué dans une
tentative de coup de main sur Draguignan, s'empressa d'accou-
rir ; le seigneur de Lesdiguières s'y rendit de son côté. Les
catholiques furent entièrement battus, mais le baron d'Allemagne
fut tué.

Ce baron, homme de guerre remarquable, froid, hautain, peu
aimé, était cependant très estimé de ses coreligionnaires. Ils
le savaient habile, hardi, sage dans les conseils et intrépide dans
l'action. Quand ils connurent sa mort, ils oublièrent ses défauts,
pour ne se rappeler que ses grandes qualités militaires. Aussi,
un silence entrecoupé de sanglots régna dans son camp.

Les soldats portèrent son cadavre dans son château d'Allemagne, aux créneaux duquel ils suspendirent les dix-huit
drapeaux pris sur l'ennemi ; et tel fut leur farouche désespoir,

(1) Armand de Trians, neveu du pape Jean XXII, comte d'Aliffe au royaume de
Naples, fit échange, sous Hélion de Villeneuve, le 22 décembre 1322, de ces terres
et du vicomté de Talard, contre Saint-Julien-le-Montagnier, Gréoulx, etc. — Aimeri
de Trians fils fut seigneur de Saint-Julien, de Montméyan, de Régusse. Marié avec
Burgue d'Oraison, vers 1381, il n'eut qu'une fille, Marguerite, qui épousa Georges
de Castellane, seigneur de Salernes, auquel elle apporta Montméyan, Saint-Julien et
Régusse. Ils eurent trois enfants. Réforciat eut Salernes ; Honoré, Montméyan ;
Raymond Geoffroy, Saint-Julien et Esparon du Verdon. (*Etats de Provence*, t. III, p. 76.)

(2) Planches XV, XVI.

que, renouvelant les cérémonies empruntées aux peuples barbares, ils passèrent par les armes sur la tombe de leur chef douze prisonniers ligueurs.

Au baron d'Allemagne, qui s'était rendu célèbre comme chef des calvinistes, succède en renommée Castellane Bezaudun, comme chef catholique. L'un et l'autre déployèrent une grande hardiesse et un grand courage dans deux camps diamétralement opposés.

Vers 1586, le duc d'Epernon ayant été investi des pouvoirs les plus étendus pour commander les forces du Dauphiné et de la Provence, le Parlement rendit un arrêt par lequel il révoquait le généralissime de Vins. Le duc d'Epernon entra à Aix avec 1,500 hommes et six pièces de canon. D'Oraison à la tête des protestants, de Vins à la tête des catholiques, se soumirent. Nombre de châteaux furent démantelés. La dame d'Allemagne abjura le protestantisme et obtint de conserver le château de Puech, à la condition d'en faire démolir les fortifications.

La chute de toutes ces petites forteresses termina la guerre dans la haute Provence.

Mais lorsque le président de Foresta et de Vins s'unirent pour soulever le pays, il s'ensuivit une nouvelle guerre civile. La Valette fut nommé à la place du duc d'Epernon son frère. Il se trouva, entre autres, dans son parti, le seigneur de Castellane de Saint-Jeurs, et dans le parti de la Ligue, la comtesse de Sault, belle-sœur de de Vins, et les trois frères Castellane d'Ampus, Bezaudun et la Verdière.

Les ligueurs, en apprenant que le duc de la Valette venait de traiter avec les protestants, jetèrent des cris de colère et jurèrent de le perdre. La Valette entra en campagne ; il se rendit à Riez et à Barjols, qui lui ouvrit ses portes, ainsi que Jouques et Peyrolles. Le bruit s'étant répandu qu'à la demande du duc

F. BOURTAH, ARCH. DEL.   PHOTO. LITHOG. MARIUS OLIVE.

ANCIENS REMPARTS DE St JULIEN LE MONTAGNIER
VUE INTÉRIEURE DE LA PORTE

de Guise, le roi avait remplacé la Valette par de Vins, plusieurs villes encore incertaines se déclarèrent pour la Ligue ; mais la Valette ne se laissa pas abattre, bien que l'assemblée des États confirmât de Vins dans sa charge.

Henri III intima, peu de temps après, à la Valette, l'ordre de remettre le gouvernement aux mains du Parlement, quand de Vins fut tué en 1589, pendant qu'il visitait une batterie. Son corps fut porté à Aix et enterré aux grands carmes, accompagné de la confrérie des pénitents, dont il faisait partie, comme tous les grands personnages de son temps.

Tant que de Vins fut le chef de la Ligue, il sut toujours conserver une autorité presque absolue. A sa mort, son héritage politique fut recueilli par Christine d'Aguerre, qui avait épousé en secondes noces Louis d'Agoult Montauban, comte de Sault. Par ce mariage, elle se trouvait alliée aux Castellane Bezaudun, d'Ampus et de la Verdière, tous les trois au premier rang de la noblesse provençale. Douée d'une âme virile, la comtesse de Sault avait mis au service de la Ligue toute son adresse et tous ses talents d'intrigue. Elle avait acquis un tel empire sur la noblesse et sur le peuple, qu'elle en était arrivée à faire mouvoir tous les ressorts du gouvernement. Elle traita avec Charles-Emmanuel, duc de Savoie, pour l'engager à secourir le parti de la Ligue. Après avoir obtenu une délibération favorable des États, le duc de Savoie partit pour l'Espagne.

Le duc de Lesdiguières, de son côté, venait d'obtenir, après le départ du duc de Savoie, des succès éclatants en Dauphiné. Il entra en Provence par le comté de Sault. Le comte de Martineng, ayant le commandement des catholiques en l'absence du duc de Savoie, sortit d'Aix afin d'aller dégager Digne. Il marcha sur Vinon, à trois lieues à l'ouest de la Verdière, où il trouva Lesdiguières qui s'y était déjà établi. Il redescendit alors sur Barjols par la Verdière et Varages, pour y attendre les événements. Ayant cru que Lesdiguières et la Valette marchaient sur Ginaservis, il repartit vers minuit de Barjols et arriva à Saint-Martin des Pallières à six heures du matin.

Contre l'avis de Castellane Bezaudun, il partagea ses soldats en trois corps qui occupèrent Rians, Esparon et Saint-Martin, à une lieue l'un de l'autre, mettant la plus grande partie de sa cavalerie savoyarde, la compagnie des chevau-légers de Vitelle et la compagnie de Cucuron, à Esparon, avec le comte du Bar, Meyrargues et tous les autres capitaines, à l'exception de Bezaudun, qui resta à Rians avec Martineng.

Lesdiguières et la Valette, ayant appris, par un fermier d'Esparon, que les ligueurs avaient commis la faute de diviser leurs forces, partirent avant le lever du soleil, passèrent par Ginaservis en tournant la Verdière, et manœuvrèrent pour déboucher entre Rians et Saint-Martin. En approchant de Saint-Martin, ils aperçurent le comte du Bar et tous les Provençaux se retirant sur Esparon, dont la garnison, promptement avertie, avait pris les armes. Les troupes, au nombre de douze à treize cents hommes, se mirent en bataille sur le coteau d'Esparon ; Lesdiguières les fit charger avec la cavalerie. Il fut d'abord repoussé ; mais, après divers combats, les ligueurs assiégés dans Esparon se rendirent, ayant fait une perte de cinq cents hommes.

A peu de temps de là, la Valette fut tué devant Roquebrune. Un auteur anonyme dit à ce sujet :

« N'étant environ de six pas loing de la dite place, il receut
« un coup de mousquet à la tête dont il mourut deux heures
« après sans recevoir aucun sacrement n'y monstrer aucun signe
« de pénitance, Dieu l'ayant abandonné comme beaucoup de ses
« semblables pour s'estre joincts avec les hérétiques pour la
« ruine de l'Eglise. Tout aussi tost l'on a faict embaumer le

« corps pour le porter à Cisteron (à ce que l'on dit); incontinent
« le sieur de Ramefort, lieutenant du dit sieur de la Valette,
« depescha le sieur d'Argence pour donner advis de cette mort
« au roy de Navarre, lequel fust surpris avec ses lettres près la
« ville de Tarascon par la garnison du fort de Saint-Eloy de
« Crau. Voila la fin miserable de ce traiste à sa patrie, qui,
« estant issu d'un père catholique.et ennemy des hérétiques, est
« mort en la compagnie et le soustenement des hérétiques, ce
« qui doibt faire sages les autres qui sont encores embarquez
« en mesme vaisseau, s'ils ne veulent courir mesme fortune :
« estant chose certaine que Dieu ne permettra point que l'heresie
« triomfe de l'Eglise, mais que après nous avoir chastiés
« de nos fautes, il nous fera miséricorde, ce que nous luy
« devons demander journellement pour le salut de la pauvre
« France (1). »

Louis d'Aix, lieutenant de Bezaudun, viguier de Marseille,
voulant perdre la comtesse de Sault, s'efforça de rendre sus-
pectes ses paroles et ses intrigues. Bezaudun, que son dévouement à la dame de Sault rendait aveugle, l'engagea à fuir et
s'offrit pour l'accompagner.

Le 26 août, par une mer calme et un ciel étoilé, ils montèrent
dans une barque et sortirent du port de Marseille, ne sachant de
quel côté ils dirigeraient leur fortune. La comtesse de Sault,
hésitant si elle se rendrait en Languedoc ou simplement au
château d'If, ordonna aux rameurs de la conduire à Toulon. A
son arrivée, les habitants de Toulon ne virent en elle qu'une
femme que l'ardeur pour la Ligue avait poussée à appeler
l'étranger en Provence et à seconder le duc de Savoie. Ils refu-

---

(1) *Discours véritable de la mort du sieur de la Valette*, Lyon, 1592. L. 35/6, 408,
Bibliothèque Royale.

sèrent en conséquence de la recevoir. Elle sortit le lendemain de la ville et se rendit à Sault, convaincue qu'elle n'avait plus de rôle à jouer.

A ce moment, tous les esprits aspiraient à la paix et au repos. Les deux partis s'assemblèrent à Saint-Maximin. Les députés de la Ligue opinèrent pour qu'on se bornât à conclure une trêve, en attendant que la sainte union eût proclamé un roi de France. Les députés du duc d'Epernon repoussaient toute trêve et mettaient pour condition que les seigneurs reconnussent Henri IV pour légitime successeur de Henri III. L'entente ne pouvant se faire, on rompit, et aussitôt après la rupture des conférences de Saint-Maximin, des deux côtés on courut aux armes. Mais la nouvelle que le roi Henri IV avait abjuré publiquement l'hérésie dans la chapelle de Saint-Denis, combla de joie les Provençaux et mit fin pour le moment à toute lutte.

Plus tard, elle reprit sous le commandement du duc d'Epernon, si bien que, le 29 avril 1594, tandis que Castellane Bezaudun faisait une reconnaissance du côté de Senas, Boyer, un des chefs huguenots, repoussa Bezaudun. Celui-ci, reconnu par un cavalier, fut fait prisonnier et conduit à d'Epernon qui, le voyant, lui dit avec fureur : « *Rien que ta vie ne peut me satisfaire !* » Et appelant ses gens d'armes, il le fit tuer sous ses yeux.

Bezaudun était âgé de 35 ans, étant né à la Verdière le 8 mai 1559. Il tenait aussi bien la plume que l'épée. Des poésies de lui, aujourd'hui perdues, furent fort appréciées de ses contemporains. Il a laissé des mémoires sur les événements auxquels il prit une part active ; il y marque d'un fer rouge le duc d'Epernon. Son acte de baptême est encore inscrit sur les registres de la paroisse de la Verdière, en langue provençale :

« Lou VIII de May en l'an que dessus (1559), es estat batéjat
« Honorat Loys, fiou de Moussu Philibert Castleno, seignour de
« la Verdière; lou payrin es estat Moussu Honorat de Castel-
« lano, sacrestan de la gleyso de San-Sauvayre d'Asai et
« Moussu Loys d'Ancessuno , seignour de Caderousse. La
« meyrine es estat Madameysello Jeanno d'Ancessuno, soerastrot
« de Madameysello de la Verdière (1). »

(1) *Archives de la commune de la Verdière*, à la Mairie.

6

CHAPITRE VI

AGRANDISSEMENT DU CHATEAU DE LA VERDIÈRE. — DESCRIPTION DU
VILLAGE. — TRANSFORMATION DE LA FORTERESSE EN BOURG. —
RÉFORCIAT DE CASTELLANE. — JEAN-BAPTISTE DE CASTELLANE. —
AIMARE DE CASTELLANE.

Pendant l'intervalle de 236 ans, de 1437 à 1673, que les
Castellane ont possédé la Verdière, l'église ne subit aucun chan-
gement (1), si ce n'est le clocher (P) qui fut construit derrière
l'église, pour faire place au presbytère (Q). Le château, au
contraire, fut fort agrandi du côté du Nord (R), un bâtiment fut
construit sur la partie de la cour, précédemment voûtée par les
Vintimille. Le donjon fut démoli. D'autres voûtes nouvelles
furent encore construites en contre-bas des terrasses, pour y
établir des écuries. Une des tourelles en cul-de-lampe de la
construction faite par les Vintimille fut transportée en bas, sur
le premier rempart, qui remblayé forma un jardin appelé le
Manège. La porte (o) n'ayant plus d'utilité que pour le presbytère, une porte fut ouverte dans le rempart au Nord (T), pour
donner accès au château.

(1) Planche XVII.

Ces changements donnèrent lieu à quelques plaintes de la part des habitants, qui, tout en reconnaissant l'obligation où ils étaient de prêter aide au seigneur pour les travaux d'entretien de la forteresse, niaient que cette obligation s'étendît aux travaux d'agrément. Ces plaintes, du reste, n'eurent aucune suite et se terminèrent par un compromis.

Avant les troubles dont nous avons parlé, les habitants étaient encore, pour la plupart, dans les hameaux, l'un dit de *Saint-Pierre*, et l'autre de *Notre-Dame (dei Gleies)*. Ils se fixèrent et se mirent à l'abri des fortifications du château. Dès lors, la population ne fit que s'accroître autour des remparts. Le hameau de Saint-Pierre était situé sur cette villa romaine découverte, à l'Ouest, dans une petite plaine. Celui des Gleies était moins ancien ; son nom, *des églises*, semble indiquer, dans la pensée des habitants, la réunion des trois églises : Saint-Pierre, les Gleies, le château. Aussi, celle du village actuel, qui a été celle de la forteresse, a pris, par la suite, le vocable de *Notre-Dame des Eglises*.

Le château, placé sur le sommet d'un rocher, formant le prolongement d'une petite colline, était entouré d'une double et triple enceinte de murailles. C'est derrière la première enceinte qui figure sur le plan du village, que les habitants vinrent s'établir et construisirent successivement des maisons.

Les premières furent superposées et adossées aux remparts. Le nombre de ces maisons s'étant bien vite accru, elles arrivèrent à être presque étagées les unes sur les autres, par le fait de la déclivité du terrain. Aussi, le château qui les domine toutes, semble-t-il en faire le couronnement, et donne-t-il un aspect assez pittoresque à tout l'ensemble du village.

L'époque de la transformation de la forteresse en bourg est indiquée, en quelque sorte, par le caractère même des maisons. Toutes, sauf deux ou trois, portent le millésime de la fin de 1500

PL. XVII

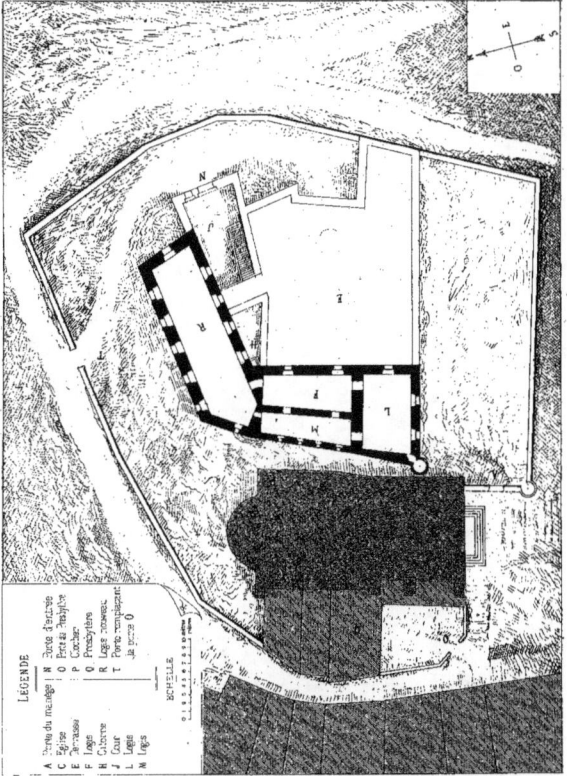

LÉGENDE

A   Porte du ménage
C   Église
E   Terrasse
F   Logis
H   Citerne
J   Cour
L   Logis
M   Logis

N   Porte d'escalier
O   Porte à tourelle
P   Clocher
Q   Presbytère
R   Logis nouveaux
T   Porte remplaçant
    la porte O

ÉCHELLE

MM DE FORSEN & F. ROUSTAN, ARCH. DEL.

PLAN DU CHÂTEAU XVIe & XVIIe SIÈCLES

et du milieu de 1600. Les deux ou trois qui remontent à une date plus reculée, se reconnaissent facilement au cintre de leur porte qui se termine sans clef de voûte. Construction du XIIe et du XIIIe siècles, elles étaient les plus rapprochées du château et ont dû faire partie de ses dépendances.

Les rues du village sont généralement étroites ; les unes horizontales, sur la pente du coteau ; les autres, verticales, montant vers le château et l'église. Ces rues ont encore conservé leurs noms avec leur caractère : c'est, d'abord, la rue *Basse ;* puis, la rue *Barrée,* nommée ainsi parce que le rempart, dans cette partie, était construit sur une barre du rocher ; la rue *Calade* (en provençal : *qui monte*) ; *de Clastre,* parce qu'elle touchait au presbytère, en provençal *clastre* ou *cloître ; de la Fontaine-Vieille,* par où l'on allait chercher de l'eau dans le vallon. Cette fontaine est encore entourée de constructions semblables aux plus anciennes du château. Le nom de *Gabriel,* donné à l'une de ces rues, vient sans doute de ce que les habitants, tous catholiques, durent invoquer, au temps des guerres, cet ange protecteur. Dans la rue *Paradis,* étymologie presque poétique, se trouvent les premières maisons construites à la Verdière, et l'on dit encore aujourd'hui que cette désignation indiquait la sécurité dont jouissaient les habitants qui vinrent s'y réfugier à l'abri des remparts. Enfin, une de ces rues s'appelle la rue *des Orfèvres,* sur quoi il est à remarquer que dans presque tous les centres de populations, en Provence, il existait une rue des Orfèvres. C'était dans cette rue que les nouveaux mariés venaient, avant de contracter leur union, donner la mesure de leur générosité, ou mieux de leurs sentiments pour leur fiancée. Le luxe de la parure, actuellement de pure vanité, était à cette époque un luxe de convenance. Les dimanches, les habitants des campagnes venaient à l'office de l'église, parés de leurs plus beaux vêtements et des bijoux qu'ils réservaient pour ce jour consacré à Dieu et au repos ; tandis qu'aujourd'hui l'ouvrier et le paysan, non-seulement ne quittent ni leur habit de travail, ni leurs champs, mais ils passent leur temps, tous les lundis, au cabaret où ils se livrent à un repos énervant et coupable.

La population était alors de 1,800 âmes ; elle n'est plus que de 1,400.

La terre de la Verdière passa, de Réforciat de Castellane, héritier de Philippe de Vintimille, à un second Réforciat, marié à Marguerite de Roquefeuil ; puis, elle vint à Boniface, marié à Aymare d'Albertas ; et, après lui, à Jean-Baptiste, son fils, lequel n'ayant pas eu d'enfant de Marthe de Cabre-Roquevaire, laissa tous ses biens à la descendance d'Aymare de Castellane, sa nièce, fille de Jean de Castellane.

Par le mariage d'Aymare de Castellane avec Vincent-Anne de Forbin, la propriété et seigneurie du lieu de la Verdière passa, peu de temps après, à la maison de Forbin.

Dans le contrat de 1613, entre Vincent-Anne de Forbin et Aymare de Castellane, je remarque cette phrase, qu'il n'est malheureusement plus dans nos usages d'introduire dans un acte de cette nature :

« Ont promis et promettent de se prendre en mariage, de « l'y solenniser en la face de la sainte mère l'Église catholi- « que, apostolique et romaine, ainsi qu'il est de coutume entre « les fidèles chrétiens (1). »

---

(1) *Archives de la maison de Forbin ;* contrat passé chez Capus, notaire à la Verdière.

PLAN GÉNÉRAL DE LA VERDIÈRE

CHAPITRE VII

AYMARE DE CASTELLANE, DAME DE LA MAISON DE FORBIN. — SA
VIE. — DESTINÉE DE SES FILLES.

Aymare de Castellane, femme remarquable par sa grande
piété, se retira, étant veuve, dans le couvent des carmélites
d'Aix, avec ses deux filles ; elle avait eu douze enfants, entre
autres : Henri, qui succéda à son père ; Louis, filleul du roi
Louis XIII, lequel fut évêque de Toulon, et dont la conduite
pendant la peste de 1664 mérita des éloges ; Vincent, chef d'escadre et deux filles carmélites dans le couvent fondé par leur
mère.

« Le premier président Vincent-Anne de Forbin, dit l'abbé
« Housaye, d'accord avec sa pieuse femme Aymare de Castel-
« lane, désirait attirer les carmélites dans la capitale de la
« Provence. Depuis dix ans déjà il sollicitait le cardinal de
« Berulle d'accéder à ses vœux, lorsque, le 4 septembre 1625,
« il triompha des derniers obstacles. La Révérende Mère Thé-
« rèse de Jésus, professe du monastère de Paris, alors prieure
« de celui de Marseille, partit de ce couvent avec plusieurs de
« ses compagnes, pour aller fonder le nouveau couvent à Aix.

« Madame la première présidente, accompagnée des princi-
« pales dames de la ville, alla à une demi-lieue au-devant de la
« révérende prieure, et la fit descendre à Saint-Sauveur, église
« métropolitaine, où elle fut reçue par tout le clergé.

« Monseigneur l'archevêque étant absent, monsieur le Prévôt
« harangua la Mère prieure. La vénérable Mère répondit avec
« tant de dignité, que toute l'assistance en fut dans l'admira-
« tion. Les religieuses furent conduites au pied du maître-autel,
« au bruit harmonieux des orgues et au chant du *Te Deum*, les
« cloches sonnant comme aux jours de grandes fêtes. Ces pieu-
« ses filles contemplèrent avec dévotion les saintes reliques,
« qui avaient été exposées en leur faveur ; puis, elles sortirent
« deux à deux en procession, et une multitude d'habitants les
« conduisirent à la maison qui leur était destinée. Les dames et
« la musique entrèrent jusqu'à la salle préparée pour la chapelle,
« où, après avoir chanté le *Laudate*, les religieuses se retirèrent
« dans leurs cellules. Cinq jours après, à la fête de l'Exaltation
« de la sainte Croix, on exposa le Saint-Sacrement, et l'on prit
« solennellement possession du monastère.

« Trois ans après, les religieuses achetèrent une maison, au
« faubourg Saint-Jean hors de la ville. Elles ornèrent de leur
« mieux une chapelle provisoire, et le dimanche 21 août 1628
« fut fixé pour leur translation.

« La veille, monsieur le premier président d'Oppède fit pres-
« crire à son de trompe, qu'on eût à tapisser les rues comme
« au jour de la Fête-Dieu. Le lendemain, à huit heures du
« matin, les religieuses furent conduites par madame la pre-
« mière présidente et les principales dames de la ville, en car-
« rosse, jusqu'à la place de l'église de Saint-Sauveur, où elles
« entrèrent processionnellement. La Mère prieure tenait par la
« main Mademoiselle d'Oppède, âgée de dix ans, qui fut depuis

« carmélite. L'affluence était si grande dans la nef de l'église,
« qu'il fallut des archers pour préparer le passage et maintenir
« l'ordre ; on chanta la grand'messe, on exposa le Saint-Sacre-
« ment, et, après la messe, on fit la procession. Les chanoines
« suivaient les religieuses ; la musique et les trompettes accom-
« pagnaient le Saint-Sacrement ; messieurs du Parlement, en
« corps et en grande cérémonie, formaient cortège au dais.
« Monsieur le duc de Guise, alors gouverneur de Provence,
« venu exprès de Marseille pour assister à la procession, la
« rencontra sur la place des Prêcheurs, où il prit place dans les
« rangs de la magistrature. Arrivé à la place Saint-Jean, les
« ordres religieux se rangèrent en haie, et les religieuses se
« jetèrent à genoux devant la porte de leur monastère. Monsieur
« le Prévôt leur donna sa bénédiction avec le Saint-Sacrement,
« et elles entrèrent ensuite dans leur maison ; tout fut fini à
« midi.

« La jeune enfant de dix ans, que la Mère prieure tenait par
« la main, devint la Sœur Marguerite des Anges. Elle était, dit
« la chronique, une règle vivante et un modèle de vertu. Fille
« aînée de la première présidente, morte en odeur de sainteté,
« elle avait été reçue aux carmélites dès l'âge de huit ans, et,
« par la permission de monseigneur le cardinal de Bérulle,
« novice d'abord au couvent d'Arles, elle fit profession au cou-
« vent de Lyon et devint ensuite prieure de celui d'Aix. Elle y
« commença avec une ardeur angélique cette longue et pénible
« carrière qu'elle a si heureusement et si saintement terminée,
« par la grâce et la miséricorde de Jésus-Christ. On la jugea
« capable de remplir les charges de maîtresse des novices, de
« première dépositaire, de sous-prieure et de prieure. Elle
« montra dans tous ces différents emplois une égalité d'humeur
« inaltérable, surtout dans les contre-temps les plus fâcheux.

7

« Elle avait une piété tendre et affectueuse qui la portait à hono-
« rer tous les mystères du Sauveur, mais surtout la sainte
« Enfance. On la voyait fondre en larmes dans les retraites
« qu'elle faisait durant les quarante jours où l'on adore Jésus
« naissant dans la crèche. Son esprit de pénitence était si fer-
« vent, que la seule obéissance aux ordres de ses supérieures y
« pouvait mettre des bornes, et dans sa vie innocente elle se
« croyait la plus grande pécheresse et se regardait souvent
« comme l'enfant prodigue qui retourna à son père après avoir
« dissipé tous ses biens, se comparant encore à cette fille de
« l'Evangile dont Notre-Seigneur dit qu'elle n'était pas morte,
« mais qu'elle était endormie. « Je dois dire aussi, ajoutait cette
« chère défunte, que je dors en moi-même et me repose sur le
« lit de mes passions. Demandez donc à Dieu, mes Sœurs,
« qu'il me réveille, de peur que je ne m'endorme de ce
« sommeil dont parle le Prophète, qui conduit à la mort
« éternelle. »

« On trouvait surtout en elle un riche fonds d'humilité, qui
« lui faisait cacher sous le voile du silence toutes les vertus
« qu'elle n'était pas obligée de faire paraître au dehors, pour
« l'édification du prochain. D'un esprit très-solide et d'un cœur
« tendre et charitable pour tous les malheureux, sa plus grande
« satisfaction consistait à les obliger. Animée d'une singulière
« dévotion à la très sainte Vierge, à saint Joseph, à sainte Thé-
« rèse dont elle possédait l'esprit et les maximes, elle faisait la
« consolation de ses prieures et leur était soumise entre toutes
« choses. Elle a eu aussi beaucoup de respect et de confiance
« à sa bienheureuse mère qu'elle a eu le bonheur de connaître
« particulièrement. Un mal très-considérable lui étant survenu
« à une jambe, où la gangrène commençait à se former, la Mère
« prieure lui conseilla de s'adresser à cette bienheureuse servante

« du Sauveur, et, après avoir pieusement accompli cette recom-
« mandation, elle fut parfaitement guérie.

« Enfin, comme une vierge sage et prudente, la Révérende
« Mère Marguerite des Anges, sans cesse préoccupée de l'ar-
« rivée de son époux, prépara sa lampe, l'orna de toutes les
« vertus et fit une bonne provision d'huile de la charité ; car,
« son grand âge et ses fréquentes infirmités ne lui permettant
« plus de travailler des mains, elle s'occupait davantage à prier,
« à lire et à méditer. On la trouvait toujours dans sa cellule,
« lorsqu'elle était obligée d'y rester, un livre à la main ou
« écrivant quelques sentiments de piété pour nourrir son âme.
« Aussi a-t-elle toujours conservé une ferveur admirable, capa-
« ble d'instruire et de confondre les plus jeunes novices. Sa
« dernière maladie a été une suite de ses longues infirmités,
« au milieu desquelles elle a fait paraître autant de douceur
« que de patience et d'amour. Elle a eu la consolation de rece-
« voir, en pleine connaissance et avec les plus vifs sentiments
« de dévotion, le corps de Notre-Seigneur Jésus-Christ en via-
« tique. Ce fut entre onze heures et minuit, le 4 mai 1707, que
« la belle âme de Marguerite des Anges quitta son enveloppe
« mortelle pour s'envoler à Dieu. Elle était âgée de quatre-
« vingt-huit ans, et en avait passé quatre-vingts en religion.

« Elle avait une sœur cadette, Thérèse de Jésus-Maria, qui
« entra également au couvent des carmélites à l'âge de douze
« ans. Sa mère, la trouvant trop jeune, voulut s'assurer de sa
« vocation ; elle la fit sortir du monastère ; mais, à peine rentrée
« dans le monde, elle devint paralytique. Aucun remède n'ayant
« pu la soulager, sa mère fit une neuvaine à la sainte Vierge, à
« qui elle promettait de rendre son enfant, si après la guérison
« elle persistait dans sa vocation religieuse. La jeune malade
« revint à la santé et, malgré le goût qu'elle commençait à

« sentir pour le monde, elle rentra dans le monastère avec le
« plus grand empressement. Sa santé se soutint pendant son
« noviciat ; mais, elle tomba de nouveau dans de continuelles
« infirmités, plus attristée de ne pouvoir suivre la règle de son
« couvent, que de la crainte de la mort. Elle devint hydropique,
« et avertit ses compagnes qu'elle allait entrer en agonie. Elle
« mourut à vingt-deux ans, ayant passé dix ans dans son cou-
« vent, moins heureuse que sa sœur qui en avait passé quatre-
« vingts (1). »

La mère de ces deux saintes religieuses, Aymare de Castellane, veuve du premier président, mourut en odeur de sainteté
dans le même couvent des carmélites d'Aix, qu'elle avait fondé.
La pierre tumulaire sous laquelle reposaient ses restes, a été
retrouvée, ayant été brisée pendant la Révolution. Elle a été
déposée pieusement dans le cimetière d'Aix, près de la sépul-
ture de la maison de Forbin. L'auteur des *Provençaux illustres*
place Aymare de Castellane, dame de Forbin d'Oppède, parmi
les saintes de la noblesse de Provence (2).

Un grand-oncle d'Aymare de Castellane, Honoré, fut l'auteur
de la branche des comtes de Grignan, si célèbre par les souvenirs de Madame de Sévigné. La marquise de Sévigné, née Marie
de Rabutin-Chantal, ayant marié sa fille à François-Adhémar de
Castellane Monteil, celle-ci fut connue plus tard sous le nom de
comtesse de Grignan. Elle ne laissa elle-même qu'une fille, la
marquise de Simiane.

La marquise de Sévigné et la comtesse de Grignan ont laissé
un nom assez illustre dans notre littérature, pour que les descen-
dants de Vincent de Forbin se glorifient des relations auxquelles
a donné lieu son alliance avec Aymare de Castellane.

(1) *Chronique de l'ordre des Carmélites*, t. IV, p. 76.
(2) *Tables contenant les Provençaux illustres*, par Pierre d'Hozier, Aix, 1667, p. 222.

CHAPITRE VIII

LA MAISON DE FORBIN. — SES ARMES. — APERÇU GÉNÉALOGIQUE. —
LETTRE DE LOUIS III, COMTE DE PROVENCE, A BERTRAND DE
FORBIN PALAMÈDE DIT LE GRAND. — LETTRE DE LOUIS XI. —
HENRI DE FORBIN. — TESTAMENT DE JEAN MAYNIER D'OPPÈDE.

La maison de Forbin, dans laquelle sont venus se fondre les
héritages des maisons de Vintimille, de Castellane et de Maynier d'Oppède, porte pour armes : *d'or au chevron, accompagné
de trois têtes de léopards arrachées de sable, lampassées de gueules
et posées deux en chef, deux en pointe* (1). Comme beaucoup de
maisons du royaume, elle ignore sa première origine. Plusieurs
historiens la font descendre d'une maison écossaise du nom de
Forbes, dont les chefs étaient premiers barons d'Ecosse.
D'autres historiens, Monsieur de Peiresc entre autres, la
font sortir d'une maison anglaise, la maison de Frowicke,
aujourd'hui éteinte, qui a porté les mêmes armes : *a chev. betw*

---

(1) L'ancienne devise des Forbin est : *Quo fortior mitior*. La devise actuelle
est : *Regem ego Comitem, me Comes Regem* ; (Moi j'ai fait le Roi Comte, et le Comte
m'a fait Roi).

three leopards heads cabassed or (1). Quoi qu'il en soit, la maison
de Forbin ne peut établir ni l'une ni l'autre de ces deux ver-
sions. Une correspondance avait été échangée, au siècle dernier,
entre les membres des maisons de Forbin et de Forbes, sans que
les doutes aient pu être éclaircis. Il n'y a qu'une chose certaine, c'est que le premier du nom de Forbin, qui figure en
Provence, est Pierre Fourbin, qualifié de *miles* dans une transaction passée, en 1350, entre les principaux gentilshommes de
Marseille et leur évêque. Ce Pierre avait épousé, en 1325,
Françoise d'Agoult. Jean Ier de Forbin, son petit-fils, coula à
fond son propre vaisseau, pour interdire l'entrée du port de
Marseille au roi d'Aragon qui tenait cette ville assiégée par mer.
Il eut pour fils : Jean II Palamède et Jacques.

Jean II Palamède et Jacques de Forbin furent les auteurs des
trois branches principales de Janson, Solliers et Gardanne. Les
branches de la Barben, de la Roque, de la Marthe, d'Oppède
et des Issarts sont des branches collatérales. Celle de la Barben
actuelle n'est qu'une branche des Issarts substituée à celle de la
Barben.

Bertrand frère de Jean Ier, fit rebâtir à ses frais la tour de
Saint-Jean, sur le port de Marseille, que les Aragonais avaient
ruinée. Cette reconstruction lui coûta 2,000 florins d'or.
A ce sujet, Louis III, comte de Provence, en le recevant
au nombre de ses familiers, pour avoir sauvé avec son frère
la ville de Marseille, lui écrivit la lettre suivante :

« Louis III, par la grâce de Dieu à tous ceux qui les pré-
« sentes lettres verront, tant présents qu'à venir.

« Nous ne voulons, pour remplir les places de familiers
« royaux, que des personnes aussi éprouvées par leur fidélité,

(1) *Encyclopedia of heraldry England*, par John Burke.

« leur soumission et leur attachement pour nous, que recom-
« mandables par leurs mœurs et leur vertu ; et, pour seconder
« leur zèle, nous avons soin de leur distribuer les grâces dont
« ils se sont rendus dignes par leurs travaux. C'est pourquoi,
« ayant égard à la constante fidélité et à l'attachement dont
« notre féal et bien-aimé Bertrand de Forbin, de la ville de
« Marseille, nous a donné des preuves certaines, faisant en
« même temps attention à ses bonnes mœurs et à toutes les
« vertus dont il est orné, ensemble aux services utiles qu'il
« nous a rendus, surtout en défendant, autant qu'il lui a été
« possible, nos fidèles sujets contre les attaques des Catalans
« qui les inquiétaient, dans laquelle défense il a exposé, pour
« notre service, sa personne à toutes sortes de périls et n'a
« épargné ni dépenses ni travaux ;

« A ces causes, pour récompenser les services qu'il nous a
« rendus et que nous attendons encore de lui, mû par ces
« considérations et par d'autres encore, l'avons jugé digne de
« la plénitude de notre bienveillance, et par la teneur de ces
« présentes, de notre certaine science, le prenons pour notre
« familier domestique, et l'agrégeons en conséquence au nom-
« bre de nos autres familiers domestiques et de ceux de notre
« hôtel, voulant et ordonnant expressément que ledit Bertrand,
« en qualité de notre familier domestique et homme attaché à
« notre hôtel, soit qu'il soit présent à notre Cour, soit qu'il en
« soit absent, jouisse partout, à l'avenir, des mêmes honneurs,
« libertés, immunités, exemptions, franchises, priviléges,
« prérogatives et grâces, dont jouissent et ont accoutumé
« de jouir les autres familiers domestiques et ceux de
« notre hôtel, qui sont à notre Cour et font leur service auprès
« de notre personne.

« Donnant par la teneur de ces présentes, plus particulière-

« ment en mandement, à tous nos vice-gérants et autres officiers
« grands et petits, constitués dans ledit comté de Provence et
« de Forcalquier, en quelque rang qu'ils soient, à qui il appar-
« tient et pourra appartenir, tant présents qu'à venir, et aux
« maîtres de notre hôtel et aux sénéchaux de notre maison,
« à ce que les présentes lettres de familiarité, exemption,
« immunités et grâce, leur étant dûment signifiées et connues,
« ils ayent, tant à présent qu'à l'avenir, à en observer exac-
« tement le contenu à l'égard dudit Bertrand et à le faire invio-
« lablement observer par les autres, autant qu'il dépendra
« d'eux, et qu'ils regardent et traitent, dans toutes les occa-
« sions, ledit Bertrand, comme notre familier domestique, le
« laissant jouir librement et sans aucun empêchement, de tous
« les priviléges dont ont joui et doivent jouir nos autres fami-
« liers domestiques et ceux de notre hôtel, qui y servent
« actuellement et y font leur résidence, ne faisant rien de
« contraire à la teneur de ces présentes, s'ils ne veulent
« encourir notre indignation.

« En témoignage de quoy, avons fait dresser les présentes,
« et les avons fait sceller de notre sceau donné a *Aversâ*. Signé
« de notre main : Louis. L'an de Notre-Seigneur 1425, le der-
« nier jour du mois de mars, indiction troisième, la huitième
« année de notre règne (1). »

Palamède, seigneur de Solliès, deuxième fils de Jean Ier, fut
gouverneur du duc de Calabre. Il le suivit dans son expédition
de Gênes et de Naples. Il la dirigea avec tant d'honneur, qu'elle
lui mérita le surnom de grand Palamède. Conseiller et chambellan du roi René, il fut envoyé par celui-ci auprès du roi Louis XI,
pour les affaires touchant le pays d'Anjou et Barrois. Louis XI

(1) *Archives de la maison de Forbin*, dossier (souche), degré III, liasse A.

le fit son conseiller et l'envoya en ambassade auprès de l'empereur Maximilien. Il fut compris au nombre des seigneurs qui assistèrent à la réception solennelle des bulles du pape Sixte IV, touchant la pacification de la chrétienté. Palamède, étant le principal ministre du dernier comte de Provence, fit incliner la noblesse vers la France et porta Charles d'Anjou à instituer Louis XI et les rois de France ses successeurs, héritiers universels de ses états. La France acquit par ce fait des prétentions sur les royaumes de Naples et de Sicile, la possession des comtés de Provence et de Forcalquier, des duchés d'Anjou et du Maine, et généralement tous les droits que les comtes de Provence avaient sur les royaumes d'Aragon, de Jérusalem, de Majorque, de Valence, de Corse, de Sardaigne, de Piémont et de Barcelone, mais sous la condition que les coutumes et les libertés de la Provence seraient maintenues, et que le pays inséparable de la couronne de France y serait attaché, non comme *un accessoire à un principal, mais comme un principal à un autre principal.* Le roi accepta le testament et ces conditions, pour lui et ses successeurs.

Palamède assembla les états de la province ; il établit qu'on s'y servirait du droit écrit, des statuts, constitutions et coutumes dont on avait usé jusqu'alors, et confirma généralement, au nom du roi, tous les privilèges, libertés et franchises accordés aux différentes villes de la province par les comtes de Provence.

Peu de jours après la mort de Charles III, dernier comte de Provence, Palamède, se trouvant à l'archevêché d'Aix, eut avis que François de Luxembourg, vicomte de Martigues, avait envahi la place des Prêcheurs, avec bon nombre de ses partisans, criant : *vive Lorraine!* et voulait faire soulever le peuple en faveur de René II, duc de Lorraine, lequel réclamait la Provence, comme petit-fils du roi René par sa mère, Jolande d'Anjou, fille de ce prince. Palamède accourut aussitôt, avec tout ce

8

qu'il put réunir de partisans de la France, dans les rues de Littera, de Matheron et des Trois-Ormeaux. Il fondit avec eux sur François de Luxembourg, dont il dissipa les adhérents, et qu'il força à se réfugier lui-même dans l'église des Prêcheurs, où il le fit prisonnier.

Après la mort de Charles d'Anjou, les ducs de Lorraine, ses héritiers naturels, mécontents du testament du dernier comte de Provence et de la part que Palamède de Forbin avait pris à cet acte, retinrent le marquisat de Pont-à-Mousson enclavé dans leur duché, qui constituait la dot de Catherine d'Anjou épouse du fils de Palamède. En vain des protestations furent-elles insérées dans le traité d'Utrecht avec autorisation de Louis XIV, jamais cette souveraineté ne fut rendue à la famille de Forbin, ni avant ni depuis la réunion de la Lorraine à la France (1).

Louis XI expédia des lettres patentes à Palamède, l'instituant gouverneur de Provence. Il y est dit :

« Louis, par la grâce de Dieu, Roy de France, à tous ceux
« qui les présentes lettres verront, salut.

« Comme, par le trépas de feu notre cousin Charles, en son
« vivant roi de Sicile, de Jérusalem et comte de Provence,
« Forcalquier, le Maine, Guise, et nous soient advenus et échus
« plusieurs desdits royaumes et comtés et autres terres et sei-
« gneuries, que tenoit et possédoit notre dit feu cousin, tant par
« droit de succession héréditaire que autrement, pour prendre
« et appréhender la possession et saisine desquelles et donner
« ordre et provision au régime, gouvernement et administration
« d'icelles, ainsi que le cas le requiert, ne nous soit, quant à
« présent, bonnement possible de nous y transporter, obstant
« les autres grandes affaires qui nous surviennent chacun

(1) *Discours historique sur les sénéchaux*, par M. Coquet, avocat au parlement; *Aix*, 1762, p. 28.

« jour. Pourquoy nous soit besoin de commettre, ordonner et
« établir, quant à ce, aucuns grands et notables personnages,
« de bonne et grave autorité, à nous agréables, seurs et féables,
« et qui par leur prudence se y puissent tellement gouverner,
« que lesdits royaumes, comtés, terres et seigneuries à nous
« ainsy advenus et échus, comme dit est, et les subjés d'icelles,
« puissent vivre sous notre obéissance en si bonne paix, union
« et tranquillité, que notre absence ne leur puisse aucunement
« être préjudiciable.

« Sçavoir faisons, que nous, ces choses considérées et la
« grande, singulière et entière confiance que nous avons tou-
« jours eue et avons plus que jamais de la personne de notre
« amé et féal conseiller et chambellan Palamède Forbin, cheva-
« lier seigneur de Solliers, natif de notre comté de Provence, et
« de ses grands sens, loyauté, bonne diligence et grande expé-
« rience, que nous avons connue par effet en plusieurs grandes
« matières dont il a eu, par cy-devant la charge de par nous,
« èsquelles il s'est si bien et prudemment conduit et gouverné,
« qu'il en est digne de mémoire perpétuelle et de très-singulière
« et très-spéciale recommandation.

« Icelui seigneur de Solliers, pour les causes et autres plu-
« sieurs justes et raisonnables, avons, par l'avis, conseil et
« délibération de plusieurs des seigneurs de notre sang et
« lignage et autres grands et notables personnages de notre
« grand conseil, fait, commis, ordonné, établi et député, fai-
« sons, commettons, ordonnons, établissons et députons par
« ces présentes, notre lieutenant et gouverneur général en et
« par toutes nos dits comtés de Provence et de Forcalquier,
« seigneuries de Marseille et d'Arles et autres pays, terres et
« seigneuries à nous appartenant, illec adjacens et contigus ; et
« lui avons donné et donnons, par ces dites présentes, plein

« pouvoir, autorité d'icelles, tant au fait et exercice de la jus-
« tice, garde et capitainerie desdites cités, bonnes villes, châ-
« teaux, places et forteresses, recettes ordinaires et extraordi-
« naires, que autrement, en quelque manière que ce soit, d'y
« entretenir et confirmer ceux qui les tiennent et exercent de
« présent, ou les en destituer, décharger, désapointer ; et, en
« lieu d'iceux, en y ordonner, commettre et établir et députer
« d'autres idoines et suffisants toutes et quantes fois que besoin
« sera ; de faire recouvrer à notre proffict toutes les rentes qui
« seront trouvées à nous être dues, tant par la fin des comptes
« des receveurs desdits comtés, terres et seigneuries et autre-
« ment, ou les leur donner, remettre et quitter, s'il voit que bon
« soit de donner et ordonner aux seigneurs capitaines, officiers
« et autres personnages tels gages et pensions qu'il verra être
« à faire et les en apointer, assigner et faire payer sur tels desdits
« receveurs que le cas le requerra et leur donner aussi et
« transporter, à temps ou à perpétuité, telles places, terres
« et seigneuries qu'il lui semblera qu'ils auront mérité ; et
« de faire convoquer et faire assembler les états desdits
« pays, comtés, terres et seigneuries, toutes et quantes
« fois qu'il verra être nécessaire pour le bien d'icelles ; de mettre
« sus et jusposer, ou faire mettre sus et jusposer telles sommes
« de deniers qu'il advisera et nécessité ou sera, sur les habi-
« tants desdits comtés, terres et seigneuries, ou les aucuns d'eux
« ou autrement, ainsi qu'il advisera pour le mieux ; et si aucu-
« nes desdits cités, bonnes villes, châteaux, places et forteresses
« et les seigneurs capitaines et habitants d'icelles, étaient refu-
« sants ou déloyaux de lui obéir, les mettre en notre obéissance
« par voye aimable si faire le peut, sinon, par voye de fait et
« main armée ; et, pour ce faire, convoquer et assembler à son
« ayde nos bons et loyaux vassaux et obéissans subjects et y

« procéder par oppositions de sièges, vassaux et autres voyes
« de guerre et tout ainsy qu'on a accoutumé de faire contre
« subjectifs rebelles désobéissants et convaincus du crime de
« lèze-majesté ; de les prendre, remettre et recueillir en notre
« bonne grâce, s'ils se veulent rendre ; de remettre, quitter et
« pardonner et abolir à eux et à tous autres que besoin sera,
« tous crimes de lèze-majesté et autres, quelconques, qui pour-
« raient avoir été commis envers nous et justice ; de confirmer
« tous privilèges, libertés et franchises, et en donner et octroyer
« de nouveau, si besoin est, au dit pays, seigneuries et com-
« munautés et à tous ceux qui l'en requerront et qu'il verra être
« à faire ; de pourvoir à tous bénéfices, dignités et offices éclé-
« siastiques desdits comtés, terres et seigneuries, dans la col-
« lation, patronage, présentation, nomination, provision et
« autre quelconque disposition qui nous peut et pourra compter
« et appartenir de plein droit et autrement, en quelque manière
« que ce soit ; de donner et octroyer sur toutes les choses dessus
« et chacunes d'icelles, sur lettres patentes en forme authenti-
« que, toutes et quantes fois qu'il verra être à faire et requis en
« sera ; et généralement de faire et besoigner en toutes les
« choses de ses dictes et autres quelconques et chacune d'icel-
« les touchant ledit gouvernement, leurs circonstances et dépen-
« dances, tout ce qu'il verra bon être, pour le bien de nous,
« nos comtés, pays, terres et seigneuries, et de nos sujets et
« habitants d'icelles, et tout ainsi que nous-même ferions
« ou faire pourrions, si nous y étions en personne ; pour
« qu'il y eût chose qui requît mandement plus spécial,
« promettant de bonne foy, sous notre honneur et en parole
« de Roy, avoir agréable, ferme et stable tout ce qui par ledit
« seigneur de Solliers sera fait et besoigné, et choses dessus
« dites et chacune d'icelles, leurs circonstances et dépen-

« dances, et les ratifier toutes et quantes fois que besoin en
« sera et réquis en serons, et donnons en mandement, à tous
« les prélats, gens d'église, officiers nobles et autres nos sujets,
« tant des comtés, pays, terres et seigneuries, que autres de notre
« obéissance illec adjacens et à chacun d'eux, comme à luy
« appartiendra, que audit seigneur de Solliers les gens commis
« et députés, les choses dessus et chacunes d'icelles leurs
« circonstances et dépendances obeissant et entendant diligem-
« ment, prestent et donnent conseil, confort et aide toutes et
« quantes fois que besoin en sera.

« En témoin de ce, nous avons signé lesdites présentes de notre
« main et à icelles fait mettre notre scel. Donné à Thouars, le
« dix-neufvième jour de décembre, l'an de grâce mil quatre cent
« quatre-vingt-un, et de notre règne le vingt-unième. — Louis.

« Pour le Roy comte, de Marle maréchal de France, le sei-
« gneur de Chastillan, baile de Rouen, et plusieurs autres pré-
« sents parents (1). »

La maison de Forbin avait joué son rôle dans les guerres
de religion, avant d'acquérir la possession du château et des
terres de la Verdière. Je me suis abstenu d'en parler, ne voulant
pas ici faire un historique de ma maison, mais indiquer et relier,
autant que possible, tous les faits relatifs à l'histoire du château
de la Verdière, dont les Castellane à cette époque étaient seuls
possesseurs.

Henri de Forbin d'Oppède, fils de Vincent de Forbin et
d'Aymare de Castellane, d'abord conseiller, devint président,
puis premier président au parlement, lieutenant général commandant en Provence en l'absence du gouverneur et conseiller

(1) *Archives du département des Bouches-du-Rhône.* Extrait du registre *Corona*,
arm. A, n° 18, f° 60.

M¹ᵉ DE FORBIN D'OP DEL.

PHOTOTYPIE MARIUS OLIVE.

HENRY DE FORBIN D'OPPÈDE

PREMIER PRÉSIDENT AU PARLEMENT DE PROVENCE

d'État. Il se mit à la tête de la Fronde et soutint avec hauteur les intérêts du parlement.

Il dut prendre le nom et les armes de Castellane accolées aux siennes et portait déjà, précédemment, le nom et les armes des Maynier d'Oppède, en exécution du testament de Jean de Maynier d'Oppède, son aïeul maternel. Ce Jean de Maynier, premier président au parlement de Provence en 1540, se fit connaître par l'exécution du fameux arrêt de la Cour contre les hérétiques des lieux de Cabrières et de Mérindols. Il fut absous, n'ayant fait qu'exécuter les ordres du parlement et du roi François Ier. Il était littérateur et amateur des arts. Il avait fait imprimer une traduction en vers français des six *Triomphes* de Pétrarque, écrits en langue toscane. Sa fille fut mariée à François de Perruzzi, baron de Lauris, qui transmit sa succession à Claire de Perruzzi, sa fille, laquelle fut mariée à Jean de Forbin, d'où la succession arriva enfin à Vincent-Anne de Forbin marié à Aymare de Castellane, pères et mères d'Henri.

Le testament de Jean de Maynier d'Oppède, qui est fort long, prouve surabondamment combien l'on doit peu se préoccuper de faire prévaloir sa volonté après sa mort.

La volonté de Jean de Maynier d'Oppède, manifestée avec un luxe de précautions peu ordinaire, a été contrariée par tous les événements.

Ainsi, dans son testament, il fait héritier le premier enfant mâle qu'il pourra avoir au jour de son décès, et, s'il n'a pas d'enfants mâles, il fait héritier le premier des enfants mâles de sa fille aînée Claire, et, si celle-ci n'a pas d'enfants mâles, celui de sa fille cadette Anne ; à défaut, son neveu Bernard de Pons ; à défaut, Nicolas de la Fare, son neveu également ; puis, le couvent des célestins d'Avignon, avec d'autres conditions ; puis, les religieuses chartreuses ; et, dans le cas où les religieuses ne rempliraient pas les conditions indiquées, alors l'église collégiale d'Oppède. Ses biens de Vitroles, Rognac, Martigues, sont laissés aux religieux frères mineurs de Toulouse et autres couvents hors des murs de Fréjus.

Ce testament m'a paru assez curieux pour que j'en donne ici un abrégé :

Testament de Jean de Maynier d'Oppède.

« Jésus Marie ! Le 20 septembre 1546 de la nativité de Notre-
« Seigneur, après avoir imploré l'assistance de Dieu, dont la
« bonté et la grandeur sont infinies et qui daigne me faire ce
« que je suis, invoquant.....

« Moi Jean Maynier, docteur en droit d'Avignon, baron,
« chevalier, comte palatin, seigneur d'Oppède et du Rouret,
« de Vitroles en Provence, vice-gouverneur et premier prési-
« dent de cette dernière province, sain d'esprit, considérant
« les accidents de la fragilité humaine, qui ne permettent sou-
« vent pas de mettre ordre à ses affaires, tant la mort est
« prompte à saisir sa proie, et voulant ne point quitter ce monde
« sans avoir manifesté mes intentions ; je veux que les dispo-
« sitions suivantes..... aient l'effet d'un testament d'un père
« à ses enfants, ou d'un testament militaire, car je puis reven-
« diquer le droit de tester ainsi ; ou bien d'un testament fait sur
« les terres de l'Eglise, ou encore d'un fidéicommis.....

« Je recommande à l'infinie bonté et miséricorde de Dieu...
« mon âme, qui m'est plus précieuse que tous les trésors...
« Je veux que mon corps, n'importe où je mourrai, soit ense-
« veli selon le rit catholique, dans l'église d'Oppède, en une
« chapelle et dans un tombeau que je charge mon héritier de
« faire construire, pour perpétuer la mémoire vénérée de mes
« aïeux et parents, Guillaume de Maynier, Anne-Vincent

« d'Annos, et Madeleine de Merles, aux largesses et bienfaits
« desquels je dois tous mes biens.

« Je veux que la fondation que j'ai faite de l'église collégiale
« d'Oppède... sorte tout son effet... Ordonnant à tous mes
« héritiers et substitués, d'entretenir scrupuleusement, et
« chacun à son tour, la dite fondation...; d'achever le tom-
« beau dont je viens de recommander l'érection, sans jamais
« permettre ou souffrir qu'on le détruise ; et, dans le cas
« où quelqu'un de mes héritiers... se permettrait d'en-
« freindre ou seulement d'atténuer ma volonté..., dès
« maintenant, comme pour lors, je casse et annule, à
« l'encontre de ce négligent, l'institution ou la substitution à
« son profit et ne lui laisse, pour tous droits, que 10 écus que
« devra lui payer celui qui sera appelé à lui succéder...

« Je laisse à l'église collégiale d'Oppède, le revenu des cen-
« ses de Cavaillon et les revenus des censives en blé, farine,
« volailles, chair de porc, etc., de mes propriétés d'Oppède. Je
« laisse à la même église, pour sa réédification, 400 écus, afin
« qu'elle soit plus propre au culte divin...

« Je veux aussi que dans la chapelle de Saint-Véran, à
« Cavaillon, où reposent les restes de ma vénérable mère
« Madeleine de Merles et honorable dame Jeanne de Vinti-
« mille, ma première femme, il soit érigé un tombeau conve-
« nable, avec les armoiries de chacune desdites dames et les
« miennes...

« Je laisse et lègue, ou plutôt j'ordonne que tout ce que
« j'ai reçu de ma chère épouse Madeleine de Castellane lui soit
« restitué...

« Je charge mon héritier de payer les habillements de deuil
« et deux paires de pendants d'oreilles à ma dite épouse,
« comme aussi d'entretenir à ses frais un domestique auprès

9

« d'elle... et comme l'institution d'héritier est la base de tout
« testament, s'il m'arrive d'avoir un ou plusieurs enfants
« mâles qui me surviennent, fussent-ils posthumes, dans ce
« cas, moi susdit testateur je nomme l'aîné de mes dits enfants
« mâles, ou celui d'entre eux qui survivra aux autres, s'il
« reste seul, mon héritier universel de tous mes biens, droits
« et seigneuries, en un mot de toute ma succession, le priant et
« conjurant de s'appliquer à l'étude de la vertu et des sciences,
« dans lesquelles ses ancêtres se sont distingués, et afin qu'il ne
« replonge pas dans les ténèbres l'illustration de ses aïeux.
   « Si j'ai deux ou plusieurs enfants mâles... je nomme...
« l'aîné d'entre eux... à la condition expresse qu'il soit à vingt-
« quatre ans docteur en droit et en droit canon d'une fameuse
« ou célèbre Université, qu'il exerce ensuite le doctorat et
« qu'il adopte avec persévérance mon nom et mes armes (1) ;
« et, s'il ne remplissait pas ces conditions, je révoque l'insti-
« tution et ne lui laisse que 1000 écus, déclarant que mon
« intention est de conserver mon héritage dans ma famille, ou
« à la descendance mâle de mes filles (2). »
   De tous ces biens et de toutes ces obligations il ne reste que le
château d'Oppède, une ruine pour laquelle je paye 2 francs 50
centimes d'impôts. Le tombeau dans l'église collégiale a été
démoli et les cendres dispersées ; enfin, les terres données à cens
ont été emportées par la Révolution de 93. Quant au dernier descendant, il a le tort de n'avoir jamais été docteur en droit et
encore moins en droit canon.

---

(1) Les armes des Maynier d'Oppède étaient : *d'azur à deux chevrons d'argent,
rompus l'un à dextre, l'autre à senextre ; supports : deux aigles portant pendue au cou
la tiare du Pape.* Concession de Jean XXII.
   (2) *Archives de la préfecture de Vaucluse ;* registre intitulé : *Droits de M. d'Oppède,*
provenant de l'évêché de Cavaillon.

CHAPITRE IX

Au début de la guerre de la Fronde, Vincent de Forbin, père de Henri, était encore premier président du parlement. La Cour, ayant formé le dessein d'abolir les garanties publiques en Provence, éleva l'impôt, ou droit annuel, pour l'entretien de la gendarmerie, de 36,000 livres, somme légalement établie précédemment, à 100,000. Elle voulut également augmenter le prix du sel et par là encore créer de nouveaux officiers et des contrôleurs des greffes. Richelieu, profitant du voisinage du roi, alors en Languedoc, fit demander aux Etats de la province assemblés à Tarascon, 150,000 livres, menaçant d'un nouvel édit qui établirait plusieurs sièges d'élections, mesure faite pour renverser la constitution provençale, puisque, au lieu de s'imposer librement par les assemblées du pays, comme toutes les provinces dites d'élection, la Provence aurait été imposée en jugement par les officiers du prince.

Les Etats offrirent 900,000 livres, la Cour refusa cette offre. L'assemblée, pour terminer le différend, envoya au roi une députation qui fut mal reçue. Le duc de Guise arriva alors en Provence, pour établir les sièges d'élections. Il s'adjoignit le premier président, Vincent-Anne de Forbin, et Séguiran, président de la chambre des comptes en l'absence du gouverneur. Le parlement autorisa la tenue d'une assemblée des seigneurs à Pertuis. Pendant que l'intendant d'Aubrai demandait à entrer à Aix, le bruit s'étant répandu parmi le peuple qu'Aubrai venait procéder à l'établissement des élus et à la translation de la chambre des comptes, on alla investir le logement de l'intendant, qui sortit de la ville.

Le peuple et les artisans commencèrent à menacer les partisans de la Cour, et, l'insurrection se fortifiant, le château et les bois de la Barben, propriété appartenant au premier consul (1), furent pillés. Le prince de Condé marcha sur la Provence avec une armée, afin de rétablir l'ordre et demanda deux millions ; les Etats offrirent 150,000 livres qui, cette fois, furent acceptées. Après la clôture de l'assemblée, les édits furent révoqués et la Provence resta en possession de son régime d'Etats. Le maréchal de Vitré, alors gouverneur, essaya cependant de faire supporter les subsistances des compagnies de troupes aux communautés, sans prendre l'attache des consuls, formalité de garantie contre le pouvoir royal exécutif, de même que

(1) Nom des deux magistrats qui exerçaient la principale autorité et dont les fonctions ne duraient qu'un an.

l'enregistrement l'était contre le pouvoir royal législatif et l'annexe contre le pouvoir pontifical. Mais, à cette époque, monsieur de Vitré fut rappelé et remplacé par Louis de Valois, comte d'Alais. Ce fut à ce moment aussi que Henri de Forbin d'Oppède succéda à son père, comme premier président du parlement, par provision du 19 septembre 1635. Il assembla les Etats de la province suspendus depuis quelques années ; mais la paix ne fut pas de longue durée.

La Cour créa bientôt trois présidiaux (1), tribunaux destinés à réduire l'autorité du parlement, l'un à Aix, l'autre à Forcalquier, le troisième à Draguignan ; leur établissement à Forcalquier et à Draguignan ne souffrit pas de difficulté ; mais, à Aix, au contraire, il ne put avoir lieu. Le comte d'Alais se prononça alors contre le parlement. Henri de Forbin d'Oppède, de son côté, se hâta de traiter avec la Cour, et il obtint de Richelieu la révocation des présidiaux. Il présenta ensuite tous les édits au parlement, où ils furent enregistrés sur le champ. Le comte d'Alais persistant à être hostile au parlement, pour tout arranger, on proposa une chambre des requêtes, chargée de juger certaines causes en première instance, et pouvant devenir une bonne école pour les héritiers des familles parlementaires. Malgré tout, le parlement ne voulut pas entendre parler de paix.

Au milieu de ces luttes entre le parlement et la chambre des requêtes, Richelieu mourut et Louis XIII ne lui survécut pas longtemps.

Sous la minorité de Louis XIV, Mazarin, successeur de Richelieu, suivit ses plans politiques et résolut de détruire l'indépendance parlementaire. Il créa dans le parlement une nou-

(1) Compagnie de juges établis dans les villes considérables, pour y juger en dernier ressort les appellations des juges subalternes. *Dictionnaire de Trévoux*, t. IV, p. 1076.

velle section, de telle sorte que chaque section siégeait six mois seulement. Mazarin espérait ainsi, sous le nom de Semestre, préparer des alliés à la Cour, soit dans l'un, soit dans l'autre des Semestres. Le comte d'Alais les croyant hostiles à cette mesure, fit exiler les magistrats. Le roi autorisa leur retour, et ceux-ci rentrèrent à Aix aux cris de *vive le Roi et le Parlement, point de Semestre !* Le comte d'Alais fut insulté et de nouveaux troubles s'ensuivirent. Les magistrats s'assemblèrent dans la maison du premier président Henri de Forbin d'Oppède ; sa mère Aymare de Castellane, qui vivait encore à cette époque, sonna de ses propres mains la cloche de Saint-Sauveur. Les magistrats emportèrent les barricades. Le comte d'Alais, gouverneur, fut battu et fait prisonnier. Le parlement reprit ses fonctions, et la Cour dressa ensuite deux édits, l'un qui cassait le Semestre, l'autre qui licenciait les troupes et rétablissait les villes dans le droit d'élire leurs officiers.

Le comte d'Alais, sortant de prison plein de ressentiment, fit venir du Dauphiné un régiment de cavalerie et prit quelques châteaux ; mais le parlement lui opposa sept compagnies d'infanterie et deux de cavalerie. L'enseigne colonel du premier président Forbin d'Oppède, portait les mots : *Pro patria mori, vivere est.* Le roi envoya, en qualité de commandant, le duc de Mercœur et fit arrêter le comte d'Alais.

Ainsi se termina l'épisode du Semestre, dans laquelle Henri de Forbin d'Oppède voulut défendre l'indépendance parlementaire et les libertés provinciales ; mais, pendant les troubles que suscita l'abolition du Semestre, il était devenu l'objet de la jalousie et même de la haine de plusieurs membres du parlement, et les esprits n'avaient cessé de fermenter. Aussi, le 14 février 1659, jour de Saint-Valentin, fut un jour fameux par une sédition qui éclata contre le premier président.

Quelques mois auparavant, le conseiller de Glandevès Rousset, ayant été arrêté sur la place des Prêcheurs par le baron du
Pujet Saint-Marc, fut conduit à la forteresse de Bouc, puis au
château de Saint-Tropez. Le duc de Mercœur, le marquis de
Simiane Gordes, grand sénéchal et surintendant du roi en
Provence, Jacques de Forbin la Barben, alors premier consul
d'Aix, et le président de Régusse, furent mandés à la Cour ;
mais ce dernier reçut en chemin un ordre du roi, qui le relé-
guait à Issoudun, et les trois autres seuls se rendirent à Paris.
Ces actes violents indisposaient toujours davantage une partie
du parlement contre son chef ; au bout de onze mois, les
mécontents finirent cependant par obtenir le rappel des exilés.

Ceux-ci n'étaient pas encore à Aix, lorsque, le jour de
Saint-Valentin, le fils cadet d'Étienne Saint-Jean, ami du premier président d'Oppède, se prit de querelle dans le pré de
Saint-Lazare, à peu de distance de la ville, sur la route de
Marseille, avec le jeune Baratte, qui tenait le parti opposé.
Celui-ci ayant été grièvement blessé par son adversaire, ses
amis le soulevèrent aussitôt et coururent l'épée à la main, en
ameutant le peuple contre le premier président qu'ils accusaient
d'avoir organisé un guet-apens et d'être l'auteur de l'assassinat
de Baratte. Ils s'avancèrent vers l'hôtel du premier président,
résolus d'enlever ce magistrat et de l'immoler à leur ressentiment ; mais, Henri de Forbin d'Oppède, inaccessible à la crainte,
s'arme de ses insignes, monte en carrosse et traverse la foule
des séditieux, qui, frappés de tant de fermeté, le laissent passer.
Il se rend au palais, où il fait assembler le parlement. Celui-ci
envoie au-devant de la populace quelques-uns de ses membres,
dont plusieurs avaient du crédit sur elle, parce qu'ils étaient
connus pour ennemis du premier président. Tels étaient le
président d'Escalis, le baron de Bras et l'avocat général Gal-

laup Chasteuil. Les factieux s'emparèrent du premier consul,
le marquis de la Roquemartine, de la maison d'Aube, et du
président de Bras et les firent marcher à leur tête, comme si
la présence de ces magistrats eût pu autoriser leur désordre.
Une partie des séditieux se porta sur l'hôtel d'Oppède, en vue
de le piller ; mais les personnes qui s'y trouvèrent ayant tiré
quelques coups de fusils par les fenêtres, l'émeute se dissipa sur
ce point. Revenus au palais, les agitateurs enfoncèrent les
portes de la cour et s'efforcèrent d'entrer dans la chambre où le
parlement était assemblé. Ils demandèrent à grands cris qu'on
leur livrât le premier président. Quelqu'un ayant proposé à ce
magistrat de le faire évader par une porte dérobée, il répondit
par ces paroles : « A Dieu ne plaise que je fasse cet affront à
« la Magistrature ! Il n'y a pas d'asile plus sûr que le lieu où
« le Roi m'a placé ; si quelqu'un d'entre vous ne se croit point
« en sûreté, qu'on ouvre les portes et qu'il sorte ; pour moi, je
« je ne dois rien craindre dans le sanctuaire où réside la
« Justice. »

A cette occasion, le roi lui écrivit la lettre suivante de
félicitation :

« Monsieur d'Oppède, je ne doute point, puisque vous avez
« rejoint mon cousin, le duc de Mercœur, qu'il ne vous ait
« montré la lettre que je lui ai écrite, par le sieur du Val, fai-
« sant réponse à celle que le même m'avait apportée de sa
« part, par laquelle il me tenoit averti de la sédition arrivée à
« Aix, et de l'extrême péril que vous avez couru, dont vous
« n'étiez pas encore délivré.

« Je dis que mon dit cousin vous aura fait voir ma dépêche,
« et je m'assure que vous en serez demeuré consolé, puisque,
« pour vous tirer des mains des scélérats vos ennemis, je
« m'étois résolu d'user de toute mon autorité, et aussi pour

« m'être assez entendu de l'estime que votre fermeté et géné-
« rosité m'avoit fait avoir de vous ; car, bien que j'eusse
« toujours jugé avantageusement des qualités de votre âme,
« il falloit en avoir une preuve aussi évidente que celle que
« vous en avez donné, pour connoître qu'il n'y pouvoit être
« rien ajouté, ni désiré, et les belles actions qui y sont avec
« éclat, m'ont encore plus paru dans le pardon que vous
« m'avez demandé, de ceux qui avoient voulu entreprendre
« contre votre vie, ce que je n'ai pu consentir, parce que
« l'offense qu'ils vous ont faite est plus contre moi que contre
« vous ; ce qu'il faut que le Prince châtie, comme fois il est
« honneste qu'il pardonne. Et ce seroit établir une notable
« différence entre les vertus, si l'on étoit obligé de suivre les
« sentiments de l'un et d'oublier des devoirs auxquels l'autre
« engage et qui doit être, aux Rois, de tout autre considération,
« puisque Dieu, qui veut bien qu'à son exemple ils pardonnent,
« les établit pour châtier les méchants. Autrement, ils porte-
« roient en vain le glaive dont il a voulu qu'ils fussent ceints ;
« cessez donc de rechercher le pardon des méchants et demeu-
« rez assuré que j'aurai en toutes occasions le désir de recon-
« noître vos services et votre fidélité, et que ma protection ne
« défaudra jamais, ni à vous, ni aux vôtres. Celle-ci n'étant
« à autre fin, je prie Dieu qu'il vous ait, Monsieur d'Oppède, en
« sa sainte garde.

« A Paris, le 3 mars 1657. *Signé* : Louis ; *et plus bas :*
« Loménie (1). »

Par la correspondance de Henri de Forbin d'Oppède, qui est
très-volumineuse, il est facile de voir qu'il eut, comme premier
président, toutes sortes d'affaires en mains, telles que la ferme-

(1) Archives de la maison de Forbin.

ture du port de Toulon, l'affranchissement des blés, l'agrandissement de la ville de Marseille. Il fut encore l'instigateur d'un nouveau cadastre. Dans l'intervalle de 1471 à 1665, il s'était trouvé des lieux qui étaient devenus meilleurs, et d'autres qui avaient déchu, ce qui faisait de grandes inégalités dans la levée des deniers, et obligea le pays à faire travailler à un nouvel affouagement (1) ; c'était une affaire des plus importantes et dont on voyait l'exécution très-difficile. Cependant, elle fut faite heureusement, par les soins de Henri de Forbin, de monseigneur Toussaint de Forbin Janson, évêque de Marseille, plus tard cardinal évêque de Beauvais et de messire Honoré Revest, conseiller, secrétaire du roi et l'un des greffiers des Etats. Ils poursuivirent cette affaire avec tant d'application, qu'on en a vu la consommation qui fut autorisée par Sa Majesté, et c'est de cet affouagement que dans la suite on s'est servi dans la province.

Des troubles graves étant survenus, en 1659, à Marseille, contre l'autorité royale, le Parlement envoya une chambre composée du président Coriolis et Forbin la Roque, six conseillers et l'avocat général, pour juger prévôtalement les auteurs de ces troubles. Glandevès-Niozelles, l'un des chefs principaux, prit la fuite ; il fut néanmoins dégradé, sa maison rasée et une pyramide infamante fut élevée sur son emplacement.

Le 20 novembre 1661, les troubles recommencèrent et le peuple démolit cette pyramide.

C'est à ce sujet qu'Henry, premier président, écrivit à Colbert, tant pour lui signaler le fait que pour calmer en partie les ressentiments du premier ministre.

(1) Evaluation par feu. — *Traité de l'administration de Provence*, par l'abbé de CORIOLIS, t. I, p. 78.

« Les Marseillais, dit-il, n'estant pas encore bien revenus de
« leurs mauvaises habitudes et s'estant emportés avec une nou-
« velle gayté, avant-hier, jour de dimanche, en plein jour,
« trois ou quatre cents enfants de quinze à seize ans s'assemblè-
« rent, parmy lesquels il se mesla d'autre monde et tumul-
« tueusement criant *vive le Roy et Monseigneur le Dauphin!* une
« partie y joignant : *Monsieur de Niozelles,* allèrent abattre la
« pyramide qui par les ordres de Sa Majesté et en suite de
« l'arrêt rendu par la Chambre qui avait été envoyée en cette
« ville-là y avoit été assemblée et bien qu'une infinité de peuple
« feust présent à ce spectacle en plein jour, les eschevins
« n'eurent des yeux n'y des oreilles qu'à sept heures du soir
« et partant plus de six heures après le tumulte commencé et
« deux après la chose parachevée, demeurant eux-mêmes
« d'accord que tout serait fait à cinq heures et pour lors ils
« se mirent en campagne, ils allèrent avertir Monsieur de Pilles
« qui pour estre éloigné de ce quartier-là et en un endroit
« qui est quasy hors de tout commerce, a une excuse plus
« légitime, outre que l'on ne peut douter de son zelle. Ce
« furent, pour lors, perquisition et procédures inutiles, tant
« de la part des échevins que de celle du lieutenant Bausset,
« qui de sa vie n'a trouvé des preuves en quoy que ce soit
« qui ayt pu arriver à Marseille. A la vérité, on n'est pas
« en droit de prendre garde, quand ces sortes d'ouvrages
« tombent insensiblement une pierre après l'autre, et on ne
« s'amuse pas à les regarder. La justice de Sa Majesté se con-
« tentait pour lors d'avoir eu sa réparation en l'acceptation de
« la chose ; mais de les aller abattre, avec attroupement et
« tumulte ! dans un temps où l'on croioit la rupture avec l'Es-
« pagne, j'ay cru qu'il y allait de l'autorité du Roy de relever
« la chose et ne souffrir pas que ceux à qui il confie ses intérêts

« dans les occasions de son service passassent eux-mêmes pour
« des enfants, en attribuant à des enfants seuls un dessein de
« cette nature et l'exécution d'une démolition que quarante
« bons maçons n'eussent peu venir à bout dans quatre heu-
« res. Le Parlement rendit hier arrest, qu'un Conseiller du
« corps et un des gens du Roy, accompagné du Prévot des
« maréchaux et de la compagnie, iraient à Marseille pour infor-
« mer et saisir les coupables et faire redresser la pyramide, au
« même lieu et estat qu'elle était auparavant ; aux dépens de la
« ville de Marseille (1). Ce Conseiller est fort intelligent et fort
« dans les intérêts de Sa Majesté et poussera très-vigoureuse-
« ment les auteurs de cet attentat à l'autorité de Sa Majesté (2).
« — *Signé :* Oppède. — Aix, 22 novembre 1661. »

Plus tard, il écrivit encore :

« J'envoye par le courrier à monsieur le comte de Brienne
« l'extrait des informations faites à Marseille par le Commis-
« saire de la Cour au sujet de la démolition de la pyramide
« élevée en la maison du sieur de Niozelles et comme, après
« toutes les perquisitions nécessaires à cette occasion, on n'a
« pu découvrir les auteurs de cet attentat à l'autorité de Sa
« Majesté, bien qu'il soit à présumer que les enfants qui ont
« démoli cette pyramide ont été poussés en cela par quelqu'un,
« néanmoins il ne s'est trouvé autres preuves que contre cinq ou
« six petits garçons dont l'un des plus vieux n'a pas plus de neuf
« à dix ans, et se trouvant par leur âge à couvert de l'urgence
« des ordonnances et des peines portées par les loix, j'ai dif-

---

(1) Cette pyramide fut rétablie et ce n'est qu'à la suite d'un arrêt du Conseil d'Etat du 12 août 1714, que Glandevès-Niozelles, rentrant en France dans un âge avancé, obtint sa réhabilitation et l'autorisation de faire démolir la pyramide. Celle-ci se trouvait dans la rue appelée actuellement du *Grand-puits*.

(2) Bibliothèque Royale. *Mélanges fonds Colbert*, 105, 3ᵉ vol., p. 164.

« féré d'exécuter le jugement de leur procès pour attendre ce
« qu'il plaira à Sa Majesté en ordonner, après avoir examiné
« l'extrait des informations.

« Il y a quelque temps, Monsieur, que je pris la liberté de
« vous écrire au sujet de l'établissement des gages de 900 livres
« du professeur en médecine botanique qui n'a point été cy
« devant couché sur l'estat et dont je joins l'extrait des lettres
« patentes qu'il plut à Sa Majesté accorder au directeur de
« l'Université de cette ville, collationné et régistré à tous les
« tribunaux de la province. Je vous auray, Monsieur, une
« extrême obligation si vous me faites la grâce de donner cette
« satisfaction au public, à qu'y je l'ai fait espérer de votre géné-
« rosité et de votre protection. Je n'ay point entendu parler
« pour les autres jugements, puisqu'ils ont toujours été tou-
« chés sur l'état depuis l'augmentation qui s'en fait sur le sel
« de deux sols pour minot, en l'année 1603.

« Je suis très sincèrement votre serviteur. — *Signé :*
« Oppède (1). »

Henri, homme de robe, homme d'épée, homme d'Etat, fut
aussi poète ; il fit des satires en provençal. Il encouragea les arts
en la personne de Puget.

« En effet, Puget eut, dit M. Lagrange (2), de puissants pro-
« tecteurs, entre autres le premier président du parlement de
« Provence, Henri de Forbin d'Oppède, et comme le président
« se trouvait investi de la tutelle de son petit-fils Jean-Baptiste
« Boyer, seigneur d'Eguilles, Puget se vit amené à exercer
« lui aussi une sorte de tutelle sur ce jeune homme, amateur
« passionné des beaux-arts. »

(1) Bibliothèque Royale. *Mélanges, fonds Colbert*, 3ᵉ vol., page 312.
(2) *Vie de Puget;* par LAGRANGE, p. 173.

Voilà l'origine en quelque sorte de deux statues en marbre, un *Faune* et une *Victoire*, exécutées pour l'hôtel d'Eguilles, par Veyrier, élève de Puget, et d'après les maquettes du maître. Les deux statues sont encore dans l'ancien hôtel d'Eguilles à Aix, et les deux maquettes dans la maison de Forbin.

Henri de Forbin d'Oppède, marié à Thérèse de Pontevès, eut quatre fils et une fille.

Henri, pas plus que son père, malgré l'alliance d'Aymare de Castellane, n'avait été mis en possession du château de la Verdière ; ce ne fut que plus tard que son oncle Jean-Baptiste de Castellane fit donation de tous ses biens à Jean-Baptiste de Forbin d'Oppède, fils aîné d'Henri, qui fut l'un des trois premiers présidents de la même maison. Les deux puînés furent chevaliers de Malte, le quatrième abbé de Sept-Fons.

Henri, par son grand caractère, sa fermeté et l'élévation de ses sentiments, semble avoir hérité des vertus de sa mère, Aymare de Castellane ; ses livres de raison le dépeignent parfaitement.

« C'est le livre de raison, dit-il, que je laisse à mes enfants, « les priant de croire que j'ay fait du mieux que j'ay peu et pré- « tendant leur laisser, sur toutes choses, la vertu. Leur recom- « mandant la crainte et l'amour de Dieu et de vivre en gens de « bien et de souffrir plustôt mille mortz et la perte de tous leurs « biens, que de manquer au service qu'ils doivent au Roy. « Quand on périt pour sa cause, c'est toujours avec honneur et « pour satisfaire à son devoir. »

Henri, sans être possesseur du château de la Verdière, y séjourna souvent. Il y est représenté aujourd'hui par un très beau portrait attribué à Mignard ou à Fauchier.

Henri mourut pendant la tenue de l'assemblée des Etats, le 14 novembre 1671.

L'épitaphe suivante fut placée sur son tombeau dans l'église
des carmes déchaux, à Aix :

ANNO MDCLXXI

COR HIC SVVM

ILLVSTRISSIMVS PROTOPRESES

DOMINVS HENRICVS DE FOVRBIN

DE MAYNIER, OPPÈDE, FARÆ

AC PEYROLÆ TOPARCHÆ,

RECONDI VOLVIT.

MIRO SANE ACTVM INGENIO

AC PIETATIS ARTIFICIO !

VT QVI DEO, REGI, REIPVBLICÆ,

CARMELITIS EXCALVATIS

COR VIVENS DEDERAT,

CORDA RAPVERAT

HOC VNO OPTIMOQVE MORIENS

CORDIS DONO

OMNIVM IN CORDIBVS

NVMQVAM POST MORTEM

INTERITVRVS

REVIVISCAT (1).

(1) Archives de la ville d'Arles, série II, *fonds Véran.* — Epitaphe composée par
M. d'Estoublon, directeur et secrétaire de l'académie d'Arles.

CHAPITRE X

Jean-Baptiste de Forbin d'Oppède, qui succéda à Henri entra en possession du château de la Verdière, et fut en outre seigneur de Saint-Julien-le-Montagnier, de Varages, de Bezaudun, Peyrolles, la Fare et le Rouret, soit par le fait de la donation que lui fit son grand-oncle Jean-Baptiste de Castellane, soit par possession ancienne de la maison de Forbin.

Jean-Baptiste de Castellane, dans sa donation, s'exprime ainsi :

« Haut et puissant seigneur, messire Jean-Baptiste de Cas-
« tellane, seigneur de la Verdière, Saint-Julien-le-Montagnier,
« Varages, Bezaudun et autres places, lequel représente audit
« sieur juge, qu'en reconnaissance des services qu'il a reçus et

11

« reçoit journellement, de haut et puissant seigneur messire Jean-
« Baptiste de Forbin Maynier, chevalier comte palatin, marquis
« d'Oppède, seigneur de la Fare, Peyrolles et autres places, son
« petit-neveu, il a résolu de luy donner une marque publique
« de son affection et tendresse, en luy faisant donation entre-
« vifs, pure simple et irrévocable, de tous ses meubles, immeu-
« bles, présents et advenir, noms, droit, actions et raison. En
« quoy que le tout puisse consister, aux formes, qualités, condi-
« tions, substitution et réserve qui seront ci-après exprimées, re-
« quérant ledit sieur juge, luy permettre de faire ladite donation...
« Ledit sieur juge luy a permis faire et passer ladite dona-
« tion... audit seigneur marquis d'Oppède, présent, stipulant
« et acceptant, et de ce très humblement le remerciant... don-
« nant pour jouir, par ledit seigneur d'Oppède, du tout à son
« plaisir et volonté, à condition que ledit seigneur donataire sera
« obligé, en ladite qualité, de constituer la somme de douze mille
« livres, en augmentation de dot, à demoiselle Marie-Madeleine
« de Maynier, sa sœur, lorsqu'elle sera colloquée en mariage...
« veut et entend ledit seigneur de la Verdière, que ledit seigneur
« d'Oppède soit obligé de porter le nom et armes de Castellane
« et de rendre après son trépas tous lesdits biens... à l'aîné
« de ses enfants masles... et en soient exclus, sy, dans les
« chances d'icelle, ils étaient dans les ordres sacrés de l'Église
« ou qu'ils eussent fait profession dans quelque ordre sacré de
« l'Eglise quel qu'il puisse être... et défenses, tant audit sei-
« gneur donataire, ses descendans, que autres appelés à ladite
« substitution, d'aliéner et desmembrer ses terres et seigneu-
« ries données, pour quelque prétexte et cause que ce puisse
« estre... Ainsi fait ledit sieur juge, etc. (1).»

(1) Archives de la maison de Forbin.

Jean-Baptiste fut envoyé, en 1681, ambassadeur en Portugal, où il soutint avec beaucoup de magnificence le caractère dont le roi l'avait honoré. Aussi, ce fut au retour de son ambassade qu'il fut obligé de vendre la terre de Peyrolles, terre qui avait fait précédemment l'objet d'un échange avec les terrains que Henri son père possédait à Marseille, terrains où, par ordre de Louis XIV, on construisit le fort Saint-Nicolas.

Pour bien connaître les actes de cette ambassade, il faudrait avoir accès aux archives du ministère des affaires étrangères. Malheureusement, c'est chose des plus difficiles ; car, souvent, même avec l'autorisation du ministre, vous ne pouvez les consulter : j'en ai fait moi-même l'expérience ; nous n'avons donc pas le droit de critiquer si souvent la difficulté qu'on éprouve à pénétrer dans les archives du Vatican.

Jean-Baptiste, après avoir été ambassadeur en Portugal, devint premier président du Parlement d'Aix et ne put, pas plus que son père, habiter souvent le château de la Verdière. Trop occupé des affaires du pays, il résida presque constamment dans son hôtel d'Aix. Cet hôtel, situé près de la cathédrale, avait été acquis, en 1490, par Arcuse de Maynier d'Oppède, ambassadeur à Venise sous Louis XII et plus tard premier président du Parlement de Toulouse. C'est sur la porte de cet hôtel que l'on voyait, avant la première Révolution, un écusson en marbre aux armes d'Oppède, avec cette devise : *Virtus et veritas omnia vincit.* Cet écusson, retrouvé par hasard, cinquante ans plus tard, chez un marchand fripier, a été placé sur la porte d'entrée actuelle du château de la Verdière.

Les mêmes raisons qui empêchèrent alors le château d'être habité, empêchèrent qu'il ne pût s'y opérer de grands changements. Une tour, seulement (v), à l'angle des terrasses et un grand escalier à double rampe (1), pour descendre de ces terrasses furent construits. Par suite de ces modifications, et vu la difficulté de se rendre à l'église sans abri, Jean-Baptiste, qui avait épousé, en 1674, Marie-Charlotte de Marin, fille de Denys Marin et de Marguerite Colbert, obtint de monseigneur de la Berchère, archevêque d'Aix, pour madame la présidente d'Oppède, la permission de faire élever une tribune (v) dans l'église, au-dessus de la chapelle des Castellane, à condition que l'on fît dire trois messes dans ladite chapelle et que la tribune fût grillée. Cette permission fut renouvelée, plus tard, par monseigneur de Brancas.

Il semblerait que la paroisse, ayant jadis été construite et agrandie par les anciens seigneurs, les Castellane et les Vintimille, une autorisation semblable n'avait pas sa raison d'être ; mais il est à croire que lorsque les habitants sont venus se mettre à l'abri du château, le diocèse, en acceptant les charges de l'édifice, en est devenu propriétaire, et que l'autorisation a été donnée, en souvenir des anciens droits des fondateurs et par respect pour une tradition de plusieurs siècles.

Jean-Baptiste eut plusieurs enfants; outre Jean-Baptiste-Henri qui lui succéda, il eut Bernard Constant, aumônier du roi, député à l'Assemblée du clergé à Paris. C'est lui qui donna à l'église un tableau représentant une *Sainte-Famille*, qui se voit encore derrière le chœur et dont le cadre portait l'écusson aux armes de la maison d'Oppède. Il donna également une croix processionnelle, avec un Christ en ivoire « le tout, dit le registre de la paroisse, ayant coûté vingt-quatre livres ». Il en fit présent à la congrégation des femmes. Aujourd'hui encore, cette croix est portée à tous les enterrements de celles qui meurent faisant partie de la

(1) Planche XX.

congrégation. Il reste encore une autre croix qui date du XVᵉ siècle : elle est en argent repoussé, d'un bon travail. Cette croix,
dont les habitants n'apprécient certainement pas tout le mérite,
doit sa conservation à une circonstance particulière : c'est que,
de père en fils, chaque habitant a vu cette croix accompagner
ses auteurs au cimetière, de telle sorte que si un recteur de la
paroisse manifestait l'intention de la vendre, il serait sûr de soulever l'indignation de la population (1).

Malheureusement, bien d'autres petits objets ont disparu par
l'insouciance des personnes proposées à leur conservation. Il est
regrettable que, dans les séminaires, on n'inspire pas davantage
aux jeunes ecclésiastiques le respect de tous les objets appartenant aux paroisses. Pourquoi ne ferait-on pas dans ces établis-
sements un cours d'archéologie chrétienne, afin d'éviter ces muti-
lations ? Ainsi, deux couronnes en argent, *conservées dans un étui*
de carton, et ayant coûté quatre-vingt-quatre livres chez Libor,
orfèvre à Barjols (disent les registres) et données par le chevalier
d'Oppède, avaient été vendues et ont heureusement été rache-
tées par un membre de la famille, possesseur du château.

Jean-Baptiste-Henri succéda à son père. Il épousa Catherine
de Forbin Janson. Elle n'avait, dit-on, jamais menti une seule
fois, dans sa jeunesse. Sa mort fit grande sensation à Aix.
Jean-Baptiste-Henri ne vécut pas de longues années; car, mariée
en 1721, il mourut en 1748.

Son frère François-René, capitaine de vaisseau, retiré à la
Verdière, se plut à y faire du bien. Il fonda dans la paroisse un
catéchisme pour les jeunes filles. Il fut encouragé dans ses bon-

(1) Vers 1831, une petite croix ornée de diamants, telle que les portaient les femmes de Marseille, fut donnée à l'autel de la Vierge, par une humble femme nommée
Marie Borelly, qui m'avait nourri, et avec la pensée très touchante de me préserver
de tout danger lors de mon départ pour le collège.

nes œuvres par de saintes femmes qui vivaient en ce temps-là. Telle était la dame Vachier, dite dans les registres de la paroisse : « *la femme forte de son temps ;* d'une grande simplicité par « rapport à ses habits, simplicité peu commune parmi les per- « sonnes de son état ; d'une libéralité presque prodigue envers « les pauvres, qui l'appelaient leur bonne mère. Elle avait tout « donné, car on ne lui trouva rien après sa mort. Elle faisait de « grandes provisions de différentes espèces de remèdes, qu'elle « donnait aux pauvres malades. Elle mourut à l'âge de soixante- « dix ans et fut enterrée dans la chapelle de Sainte-Anne.

« La dame Magalon était aussi au nombre de ces saintes « femmes ; c'est elle qui s'était chargée de faire le catéchisme « des petites filles, fondé par le chevalier d'Oppède, en quoi elle « avait un talent tout particulier et une patience admirable. Elle « ne s'occupait que de cela, depuis le matin jusqu'au soir ; et, « à quelques heures du jour que les filles allassent chez elle, « elles étaient bienvenues, madame Magalon ayant soin de jeter « dans ces jeunes cœurs la semence d'une solide piété, ce qui « faisait de grands biens.

« La dame Rigaud, également, était d'une patience invincible « au milieu des plus fâcheuses situations, d'une confiance peu « commune à la divine Providence, jamais plus contente que « quand elle visitait, consolait, nettoyait les pauvres. Elle au- « rait voulu mettre tout le monde en paradis. Elle aimait gran- « dement les enfants et elle les élevait en Jésus-Christ. Pendant « sa maladie, elle se détacha d'avance de tout, même de sa « famille, de laquelle elle ne demanda plus de nouvelles, afin de « se préparer au grand sacrifice qu'elle devait faire de sa vie. »

Ces saintes femmes étaient alors dirigées par un saint prêtre, Jacques Taneron, bénéficier du vénérable chapitre de l'église de Barjols.

« Rempli de bonnes qualités, fort intérieur et très versé dans
« la vie de Dieu, tout pénétré de la Religion. A sa mort, avant
« de recevoir le viatique, il demanda pardon à haute voix et, se
« regardant indigne de communier, il mit bas son bonnet et pro_
« nonça des paroles pleines des sentiments de la plus profonde
« humilité. A son enterrement, à peine eut-on commencé la
« messe, qu'on s'empressa à couper des morceaux de ses habits,
« et on craignit tant de n'en pouvoir pas avoir, que chacun fon-
« dit sur le cercueil, si bien qu'on ne lui laissa rien en entier ;
« on le mit presque à nu et on eut toute la peine du monde pour
« l'enterrer (1). »

Le chevalier d'Oppède vécut encore assez longtemps auprès
de son neveu, Joseph-Louis-Roch, qui avait succédé à son père.

C'est par les soins de Joseph-Louis-Roch de Forbin d'Oppède
que l'hospice de la Verdière, fondé en 1694, fut réédifié en 1761.

Pierre Ferriaud, prêtre du lieu en 1694, en sa qualité de
directeur et trésorier des pauvres, avait représenté au Conseil
d'alors qu'il serait nécessaire, pour le bien des pauvres, d'établir « un lieu de charité où les pauvres pourraient être assistés
corporellement et spirituellement. » La communauté concéda, à
cet effet, de vieux fours et donna à monsieur l'abbé Ferriaud tout
pouvoir pour faire ce qu'il jugerait convenable.

Le règlement de cet hospice portait : 1° qu'il serait destiné

(1) Noms des prêtres ayant desservi la paroisse de la Verdière : Jean AMIC, en
1584 ; Louis DENANS, en 1658 ; THUS, en 1674 ; MICHEL, en 1681 ; CHAMPION, en
1682 ; FERRIAUD, en 1683 ; MARTIN, en 1685 ; MINUTY, en 1687 ; BOUCHET, en 1694 ;
BRESSIER, en 1700 ; SALLIER, en 1714 ; THÉRIC, en 1715 ; BLANC, en 1719 ; VASCHIER,
en 1761 ; TANERON, en 1762 ; REBOUL, lequel avait prêté serment à la Constitution ; il
fit une rétractation magnifique en chaire ; après lui, JAUBERT ; puis, l'abbé REYNAUD,
qui fut ordonné prêtre à Paris au plus fort de la Révolution par Monseigneur de
Croy ; l'abbé BRUN, en 1823 ; BUSSIÈRE, protonotaire, en 1827 ; MONIER, en 1830 ; ce
fut lui qui fit démolir l'ancien autel en bois doré et le remplaça par un autel en marbre ; BLANC, en 1834 ; HERMITTE, en 1865, et RAIBAUD, en 1878.

pour l'instruction des pauvres et pour leur soulagement, tant en santé qu'en maladie ; 2° que le même hôpital serait régi par un prêtre et douze recteurs, dont six seraient élus, chaque deux ans, le 1er janvier ; que les six autres seraient recteurs-nés, savoir : le vicaire spirituel, le seigneur, le juge et, en l'absence du juge, son lieutenant et les trois consuls ; que le bureau s'assemblerait chaque troisième dimanche du mois, après les vêpres, dans l'hôpital ; que l'on distribuerait le pain, la soupe chaque dimanche, pendant l'hiver.

Les revenus de l'hospice étaient alors de 700 livres. On y distribuait 300 livres entre 70 pauvres mendiants ; et 130 pauvres malades recevaient de la soupe et du bouillon.

En 1767, l'Administration voulant construire un nouvel hôpital, attendu que celui de 1691 était inhabitable et très froid, demanda à mademoiselle Aubert de rentrer dans la somme de 1425 livres due par les hoirs Saint-Martin. La Commission chargea monsieur le baron d'Oppède, bienfaiteur de l'hospice, de dresser lui-même le plan. Il proposa l'emplacement de la chapelle des Pénitents ; mais cet emplacement était évalué 2400 livres et le remboursement n'était que de 1425 livres. Les Pénitents, touchés de la nécessité de ce nouvel hôpital, consentirent à échanger leur chapelle avec celle de l'hospice, et le sieur Constantin, maçon, couvrit l'enchère de la nouvelle construction, au prix de 3800 livres ; plusieurs autres frais furent ajoutés et portèrent le prix à 4094 livres.

Le roi Louis XV, par lettres patentes, approuva et autorisa l'hospice de la Verdière à recevoir tous legs, aumônes et libéralités (1).

_____

(1) Liste des dons faits à l'hospice depuis cette époque : 5000 francs du sieur Marc-Antoine BAUDISSON ; 2600 francs de demoiselle Elisabeth JAUBERT ; 1200 francs

En mai 1851, par les soins et l'initiative de monsieur l'abbé Dupuis, les Sœurs de Saint-Joseph de Bourg furent installées dans l'hospice pour y soigner les malades et tenir une école et une salle d'asile. Pendant dix-huit ans, cet établissement a prospéré à la Verdière ; mais, il est tombé à la mort de monsieur l'abbé Fiziaud, directeur des dames de Saint-Joseph de Bourg.

du Ministre des cultes ; 100 francs de M. LE PRÉFET ; 200 francs de Monseigneur WICART ; 100 francs du CONSEIL MUNICIPAL ; 4700 francs de la famille DE FORBIN ; 365 francs des HABITANTS DE LA VERDIÈRE ; 500 francs de madame Cloë BLANC, veuve DE LESTRAC ; 1325 francs d'Antoine BAUDISSON ; 200 francs d'un ANONYME ; 300 francs de mademoiselle Julie BAUDISSON ; 5000 francs de dame REYMONDI ; 3000 francs de monsieur le baron D'OPPÈDE ; 300 francs de la famille PASTORET. L'autel en marbre de cet hospice a été donné par mademoiselle DE FORBIN D'OPPÈDE, en 1852.

CHAPITRE XI

Louis-Roch de Forbin d'Oppède perdit son père à l'âge de
vingt-sept ans. Il était entré d'abord dans la marine ; il fut successivement capitaine dans le régiment de Puisieux, en 1741 ; gui-
don des gendarmes d'Orléans et enseigne de Berry, en 1744 ;
sous-lieutenant des gendarmes de la reine ; capitaine-lieutenant
des chevau-légers de Bretagne ; chevalier de Saint-Louis et
capitaine-lieutenant des chevau-légers de Monsieur le duc de
Bourgogne. Marié à Marie de Baussan, en 1756, sa femme lui
demanda de quitter le service et il se retira alors à la Verdière
où il se fixa pendant dix-sept ans.

Pendant ces dix-sept ans, il entreprit les travaux les plus considérables, si bien qu'il est de tradition dans le pays que ses
dépenses montèrent à six cent mille francs. Il est de fait que si
l'on compare le château tel qu'il l'avait reçu de son père et tel
qu'il l'a laissé après lui, ce chiffre de six cent mille francs paraît

vraisemblable ; mais, avant de mettre la main à l'œuvre, il passa une nouvelle transaction avec la communauté, au sujet d'un passage à travers la partie basse du château. Cette transaction est ainsi conçue :

« Pour prévenir de nouvelles contestations entre le seigneur
« et la communauté, au sujet d'un passage à travers la plus
« basse terrasse du château, dite la *cour du Manége*, dans laquelle
« la communauté était en droit de se maintenir par une
« possession de plusieurs années et que ledit seigneur, au
« contraire, aurait commencé de faire barrer, fondé sur ce que
« la porte de ladite cour, du côté de l'église, subsistant encore
« avec ses gonds, aussi bien qu'un cul-de-lampe en pierre de
« taille, posé dans l'angle des murailles de soutien de ladite
« cour en terrasse, il était évident que ce n'était que par com-
« plaisance pour les habitants que les seigneurs du lieu auraient
« négligé de fermer cette porte du côté de l'église. La commu-
« nauté voulant s'y opposer, il est convenu que monsieur de
« Forbin d'Oppède, seigneur du lieu, fera murer et barrer, quand
« et comme il jugera à propos, non-seulement la porte de ladite
« terrasse, mais encore la porte du côté de la grande cour, la
« communauté consentant encore qu'il y ait une porte, pour
« entrer dans l'église, par la chapelle de Saint-Jacques, ou par
« la sienne ; au moyen de quoi, ledit seigneur baron (1) quitte
« et abandonne à la communauté le droit d'indemnité et demi-
« lod par elle dû audit seigneur pour les domaines actuels dont
« elle est en possession et pour raison desquels elle a déjà posé
« le susdit droit, consistant en la moitié de la maison claus-

---

(1) Les aînés de la branche de Forbin d'Oppède portaient le titre de marquis et de baron d'Oppède, mais il était d'usage qu'une génération portât le titre de marquis et l'autre celui baron, usage dont je ne connais pas l'origine, mais qui est mentionné dans le grand ouvrage des *Officiers de la Couronne*, t. VIII.

« trale, maison de ville, les deux fours, l'hôpital des mendiants,
« la maison curiale de Brauche (1). »

Les diverses transactions passées entre le seigneur et les
habitants démontrent comment les empiétements, si je puis
m'exprimer ainsi, venaient autant de fois du côté des communautés que de celui des seigneurs. Il est cependant de mise,
dans notre état actuel de démocratie, de jeter toujours l'odieux
sur les seigneurs, comme voulant absorber ces communautés,
lorsqu'ils n'ont fait, au bout du compte, que se défendre. Le
simple bon sens indique ici que le seigneur, à l'origine, était
maître et possesseur de la forteresse, et que soit que le seigneur
ait désiré s'entourer de la population dispersée dans les hameaux,
soit que la population ait senti la nécessité de venir se grouper à
l'abri des remparts, c'est toujours la propriété primitive du
seigneur qui est devenue celle des habitants.

La communauté prenant pied, peu à peu, sous les murs de
de l'ancienne forteresse, s'est montrée de plus en plus exigeante.
Elle est même venue à invoquer, comme impliquant prescription,
un usage de deux années, ainsi qu'on a pu le voir dans cette
dernière transaction. Par suite, le seigneur a dû céder de ses
droits et donner plus d'extension à ceux que revendiquait la
communauté. Celle-ci cherchait toujours à conserver les bonnes
grâces du seigneur jusqu'au moment où elles lui devenaient inutiles, selon la remarque d'un auteur qui, en parlant du village de
Solliès, nous dit : « Une fois en possession de tout le pouvoir
« administratif, le bourg commence à faire de l'opposition au
« seigneur marquis *dont il n'a plus besoin* (2). »

(1) Transaction du 9 mars 1752 ; *Archives du château de la Verdière* ; dossier du
XVIIIe siècle, nº 11.
(2) Citation tirée d'une petite brochure sur le village de Solliès en Provence,
ayant appartenu à la maison de Forbin, p. 45.

Charles-Roch de Forbin, après avoir passé cette transaction avec les habitants, doubla les murailles de cette terrasse basse afin de l'agrandir et peut-être aussi parce que les anciens remparts ne se trouvaient plus assez solides pour soutenir de nouvelles terres. Il est de fait que l'ancien rempart ne fut pas détruit, et il se retrouve encore sous terre, pour peu que l'on creuse.

Le grand escalier extérieur, construit par les Castellane et descendant des terrasses dans la grande cour ayant été démoli, Charles-Roch de Forbin construisit une seconde tour à gauche dans laquelle vint aboutir un grand et bel escalier en pierres froides (1). Successivement, il éleva un corps de logis sur les terrasses du Midi, et il fut obligé de reconstruire le corps de logis du Nord, qui menaçait ruine. Enfin, pour arriver à réaliser ses projets, il fit même démolir sans regarder à la dépense, tout le mur de la façade de l'aile en retour sur le Midi (2), jadis construite par les Vintimille. Il le porta à un mètre plus loin, et donna ainsi plus d'espace à de nouvelles salles. En construisant cette façade, il fut obligé de percer les voûtes, pour s'établir sur le sol ferme.

Tous ces travaux furent entrepris sur une grande échelle. Aussi se trouve-t-il actuellement dans le château (3) : six grands salons ; nombre de chambres de maîtres, la plupart avec plusieurs cabinets de dépendance ; beaucoup de chambres de domestiques ; une très grande salle à manger ; une bibliothèque ; une lingerie ; une salle de bains ; une grande salle des archives ; une galerie de 24 mètres de longueur sur 7 mètres de large ; une terrasse sur voûtes dallée en pierre froide, de 40 mètres de longueur ; une très grande cuisine voûtée ; une

(1) Planche XXI.
(2) Planche XX.
(3) Planche XXI.

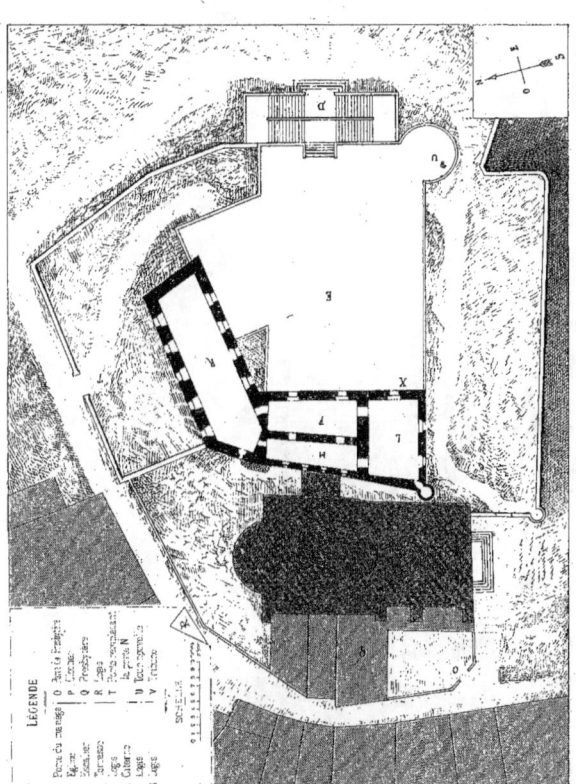

LÉGENDE

A	Pont du château	O	Arrière Basse-cour
C	Égout	P	Citerne
D	Écurie	Q	Poudrière
E	Terrasse	R	Loge
F	Loge	T	Puits communiquant
G	Cabanon	U	la porte N
L	Loge	V	Tour-porterie
M	Murs	V	Voûte

ECHELLE
0 1 2 3 4 5 6 7 8 9 10 m

LES DE ... ... A F ROUSTAN, ARCH DEL

PLAN DU CHÂTEAU XVIIe SIÈCLE ...

PHOTO. LITHOG. MAULDE CLAYS

MONOGRAPHIE DE LA VERDIÈRE

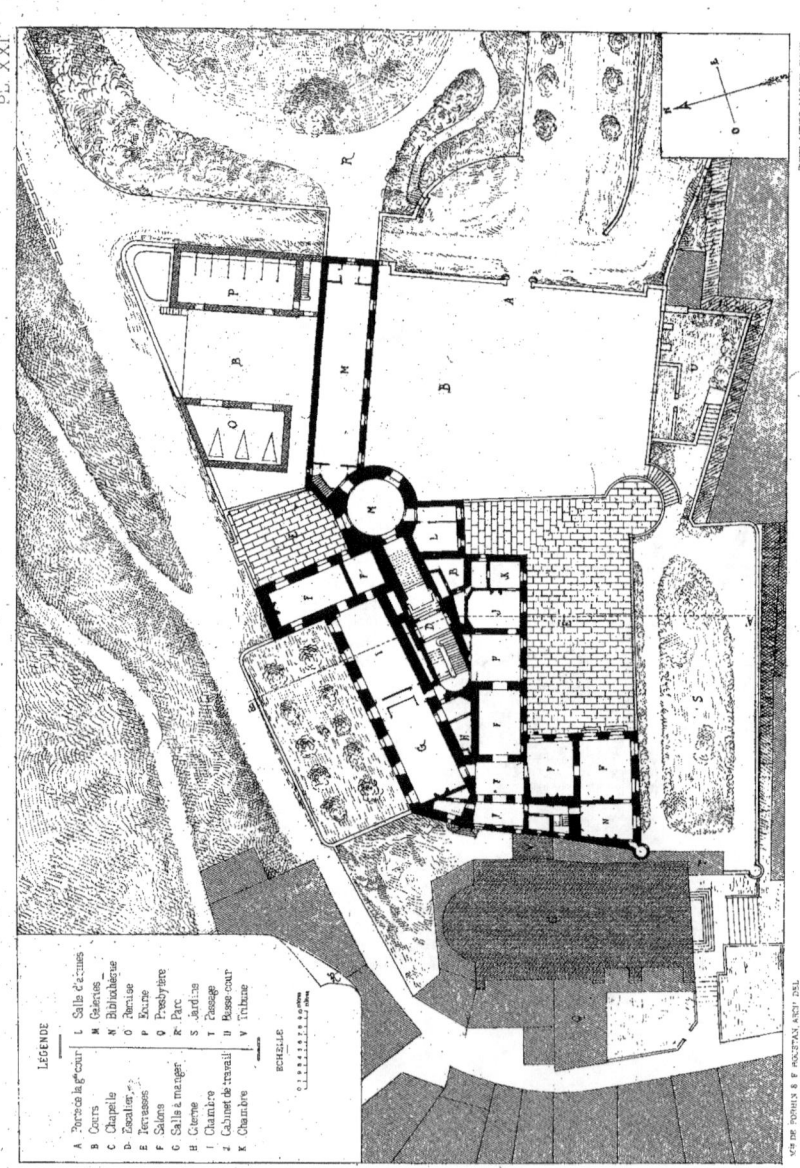

LÉGENDE

A — Porche la g.^de cour   L — Salle d'écrivains
B — Cours   M — Galeries
C — Chapelle   N — Bibliothèque
D — Escalier   O — Remise
E — Terrasses   P — Ecurie
F — Salons   Q — Presbytère
G — Salle à manger   R — Parc
H — Citerne   S — Jardins
I — Chambre   T — Passage
J — Cabinet de travail   U — Basse-cour
K — Chambre   V — Tribune

ECHELLE

VUE DES HÔTELS & F. POCETAN AOUT 1911

LES CHÂTEAUX DES XVIIe & XVIIIe SIÈCLES

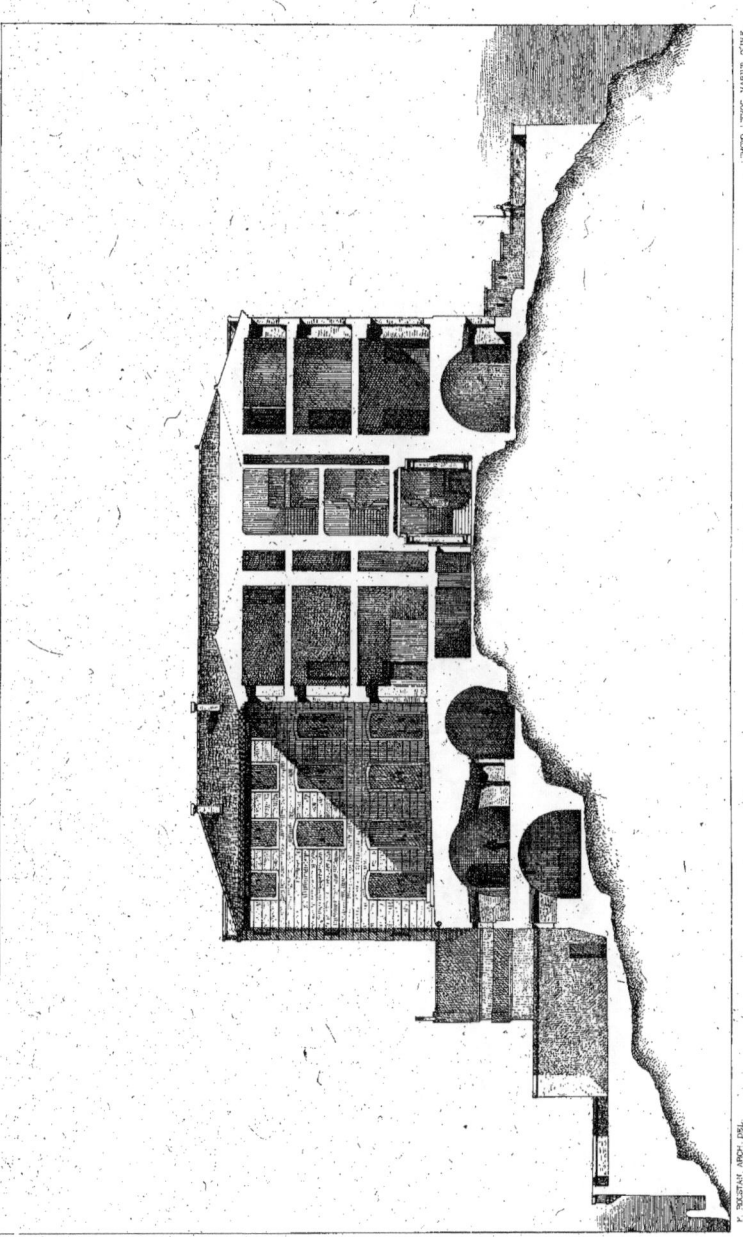

F. BOULTAN ARCH. DEL.

VUE DE LA TAVERS DU CHÂTEAU

SUIVANT A B DU PLAN DES XVIIe & XIXe SIÈCLES

MONOGRAPHIE DE LA VERDIÈRE

F. HERZEAUX, ARCHT. DEL.

PHOTO LITHOG. MARIUS OLIVE.

VUE DU CHÂTEAU PRISE DE L'ESPLANADE.

MONOGRAPHIE DE LA V___DE___E

F. BENOIT, ARCH. DEL.

VUE DU CHÂTEAU PRISE DES ARÈS

PHOTO. LITHOG. MARIUS OLIVE.

P. MOREAU, ARCH. DEL.

HÉLIOG. DESLIS FRÈRES. MARIUS C. LYS.

LE CHÂTEAU PRISE DE LA ROUTE DE ST JULIEN

F. HENRIAUX ARCH. DEL.

PHOT. LYDEC MARTIN 1904.

autre cuisine pour l'office ; une salle pour les gens ; une salle
d'attente ; plus, des bûchers dans les voûtes ; un atelier ; des
caves ; des écuries pour plusieurs chevaux ; des remises indé-
pendantes, ayant leur cour particulière ; le tout fermé dans la
même enceinte. Je puis donc dire que si le château de la Verdière n'a conservé de son aspect féodal que la situation, il est
du moins un des plus vastes de la province. Les salons sont
tous ornés de sculptures en plâtre faites à la main et d'un très
joli travail. Elles sont appréciées par les connaisseurs, soit pour
leur élégance, soit pour leur finesse. Un salon seul a conservé
de vieilles tentures en tapisseries de haute lisse. Jadis, dans
la première salle d'entrée, se trouvait également une tenture ;
mais elle n'existe plus.

C'est ainsi que Louis-Roch passa dix-sept ans de la meilleure
partie de son existence, entouré de nombreux ouvriers et au
milieu d'une population paisible.

CHAPITRE XII

Un incident, au sujet d'une chapelle, jadis fondée par les auteurs du marquis d'Oppède doit attirer notre attention.

Cette chapelle, dite de *Notre-Dame de Santé*, située dans une plaine, à trois quarts d'heure de marche de la Verdière, était due à une fondation fort ancienne. Je n'ai pu cependant retrouver que des actes de 1631. L'un deux contient des nominations de recteurs, d'où il semble résulter que les Castellane, seigneurs du lieu, et la communauté étaient conjointement fondateurs et juspatrons ; mais, par un autre acte, il paraîtrait, au contraire, que c'étaient les seigneurs du lieu qui avaient admis la communauté au juspatronat, parce que celle-ci avait contribué à la restauration de la chapelle.

« Cette pièce porte que les anciens seigneurs de la Ver-
« dière, voulant honorer la Sainte Vierge, avaient fait bâtir
« une chapelle dite de *Notre-Dame de Santé ;* que le bâtiment
« tombant en ruine, Jean de Castellane, qui était désireux
« de perpétuer cette dévotion, ayant requis les consuls de
« faire rétablir ce bâtiment, avait associé les consuls et la com-

13

« munauté au juspatronat et promis de contribuer à l'entretien
« du bâtiment en cas de nouveaux dégâts, les consuls demeu-
« rant chargés de l'entretien des objets mobiliers dont il devait
« être fait inventaire par le juge du seigneur. Jean de Castellane
« légua, par son testament, à cette chapelle, une rente annuelle
« et perpétuelle de quatre charges de blé, de dix panneaux la
« charge, et trente livres argent, affectant pour cela une hypo-
« thèque sur une terre dite *des Olivettes*, au terroir de Varages,
« quartier derrière l'église, à la condition qu'une messe serait
« célébrée, le jour de son décès, dans ladite chapelle, et qu'on
« y chanterait dans l'année, une fois par mois, une autre
« messe, pour demander à Dieu, dit le testament, le repos de
« son âme et de celles des pauvres trépassés ses parents et
« ancêtres, priant Dieu nous recevoir au royaume de
« Paradis (1). »

Les Pères chaussés de la Trinité furent installés dans cette
chapellerie, par Jean-Baptiste de Castellane, au nombre de trois
Religieux et deux Frères convers. Il leur promit une pension
annuelle de six charges de blé, plus six livres de chair, toutes
les semaines. Le chevalier de Castellane fonda en même temps
une messe par jour et donna 200 livres pour cela ; mais, en
1739, les administrateurs et le baron d'Oppède ayant appris
que les Religieux allaient dire la messe dans les environs et
qu'il n'y avait plus qu'une messe, le dimanche, dans le couvent, les Religieux furent forcés de l'abandonner.

Actuellement, cette pauvre chapelle est entièrement en ruine,
les caveaux sont ouverts et les ossements épars, si bien que je me
souviens d'y avoir vu les crânes des moines, qui y avaient été
ensevelis, rouler dans les décombres. La statue de la Vierge,

(1) Archives du château de la Verdière.

fort ancienne, se trouve délaissée dans un coin de l'ancien couvent. Je dois dire, cependant, à l'éloge du propriétaire actuel, qu'au mois de septembre 1879, il s'est prêté de très-bonne grâce à faire revivre le pèlerinage qui attirait jadis la population de tous les environs de Rians, de Manosque et de plus loin encore. Autrefois, des miracles s'y sont opérés, assure-t-on, en grand nombre. Les habitants de Rians partaient, dit-on, de cette chapelle, à pied, pour se rendre au pèlerinage de Lérins près de Cannes.

Cette chapelle, en 1879, ayant été un peu appropriée et la Vierge placée sur un autel improvisé, la messe y a été dite par M. le curé Reybaud, avec le concours des personnes pieuses de la Verdière et de bon nombre d'étrangers venus des environs. L'espérance que donne M. Pastoret de remettre cette chapelle à la fabrique, pour la consacrer de nouveau au culte, consolera peut-être, un jour, la génération future de cet abandon regrettable.

Il existe une autre chapelle, en-dehors du village, dédiée à saint Roch, patron de la Verdière. Le 16 août, jour de la fête, les jeunes gens se donnaient rendez-vous à la porte de l'église paroissiale, munis de tromblons qu'ils chargeaient de poudre jusqu'à la gueule. Ils faisaient ainsi retentir les échos, au moment où le clergé sortait de l'église pour se diriger vers la chapelle. Cette procession, en se développant sur le chemin en corniche de Varages, avait un aspect pittoresque auquel contribuaient encore les jeunes filles vêtues de blanc et portant des bannières de diverses couleurs. La procession arrivée à la chapelle et la messe dite, les tromblons redoublaient de fureur au moment de la bénédiction, voulant en quelque sorte imposer à l'écho une prière au *grand saint Roch*, suivant le dicton du pays.

Dans cette journée de fête, des jeux publics étaient organisés dans les champs. Le plus curieux était celui dit *de la laïdo mino*. Tous les enfants de huit à dix ans se plaçaient côte à côte, sur une muraille d'un mètre cinquante de hauteur, et, là, chacun prenait de ses petites mains ses yeux qu'il tiraillait dans tous les sens, en prenant en même temps les deux coins de sa bouche. Ils parvenaient ainsi à faire d'horribles grimaces, et celui qui inspirait par là le plus d'horreur gagnait un paquet d'épingles qui lui était donné par monsieur le maire ou par monsieur l'adjoint. Vers les 5 heures du soir, on se réunissait sur une grande route, pour faire courir les chevaux. Les prix consistaient en plats d'étain que l'on conservait comme des trophées dans les maisons. On distribuait encore des écharpes et beaucoup de bonnets de coton. Que penseraient nos sportmen d'aujourd'hui, s'ils avaient à courir, pour gagner un bonnet de coton? A cette époque, un bonnet de coton, une grimace suffisaient pour divertir le bon public une journée entière !

CHAPITRE XIII

MUNICIPALITÉ RÉVOLUTIONNAIRE. — MORT DE LOUIS-ROCH. — SÉQUESTRE MIS SUR SES BIENS. — PÉTITION POUR FAIRE CASSER LA VENTE.

La municipalité et la population commencèrent, vers 1789, à élever des prétentions révolutionnaires. Jusque là, les dissentiments avaient toujours été réglés et terminés à l'amiable. Les consuls, tout en défendant les intérêts de la communauté se prêtaient à ce que les choses se passassent d'une manière paisible. Ce serait une erreur de croire que les seigneurs fussent maîtres de punir et de gracier, de donner ou de s'attribuer des biens, d'émettre tel ou tel impôt ; ce serait là méconnaître l'histoire des seigneuries. Si le seigneur avait des droits et des privilèges qui découlaient de l'origine de ses possessions et de la constitution du pays, il avait, entre autre devoirs, celui de verser son sang pour la patrie, droit dont les seigneurs se sont toujours montrés jaloux.

Dans tous les actes et registres parcourus ici, je n'ai jamais rencontré aucun acte condamnable de la part du seigneur de la

Verdière. Je n'y ai jamais trouvé, au contraire, que des actes de condescendance et de conciliation.

Si, dans le Midi, le droit romain et l'administration urbaine restèrent debout, dans le Nord au contraire on substitua un pouvoir féodal à une magistrature élective. Aussi, la féodalité proprement dite n'exista jamais en Provence. La constitution municipale, venue d'Italie, se propagea en Provence au XIIe et au XIIIe siècles. La bourgeoisie se distinguait à peine de la noblesse, puisque la noblesse pouvait faire le commerce, sans déroger.

En 1300, les seigneurs nommaient un bailli qui devait opérer les rentrées de la seigneurie et qui était chargé, dans les grands fiefs, de rendre ou de faire rendre la justice au nom du seigneur. Le roi ou le comte nommait un juge annuel, investi du droit de cassation ; et les habitants, de leur côté, conféraient à qui ils voulaient la charge de consul. Le bailli et le juge n'avaient pas à s'immiscer dans les affaires publiques ; celles-ci étaient dévolues aux consuls.

Vers 1584, l'administration se composa d'un syndic, qui remplaça le bailli, d'un procureur de la communauté et d'un conseil général. Vers 1638, elle comptait un lieutenant de juge, représentant le seigneur, un consul, un conseil des douze et un conseil des particuliers. Un édit de Louis XIV, en 1692, vint, par une mesure fiscale, porter un coup mortel au régime communal. On nomma des maires et des assesseurs perpétuels, à titre d'office. Plus tard, un second édit compléta cette mesure, en nommant un syndic dans les paroisses où il n'y avait pas de maire, et des lieutenants de prévôts des marchands ; enfin, en 1702, des lieutenants de maires.

La Provence, en 1703, continuait à avoir dans toutes les localités son conseil général et ses consuls ; mais, en 1765, époque à laquelle Louis-Roch de Forbin était possesseur de la terre et du château de la Verdière, parut un édit du roi, donnant liberté d'élire des officiers municipaux et de faire délibérer les notables, dans les cas qui intéresseraient la communauté. La Provence obtint que l'édit qui rétablissait les officiers ne lui fût pas appliqué, les institutions municipales n'ayant jamais été généralisées, puisque, de tout temps, elles avaient manqué à des localités qui pouvaient avoir une certaine importance, et sur lesquelles le roi ou le seigneur avaient gardé toute leur autorité. La Verdière était de ce nombre. Cette faveur du roi ne fut pas de longue durée, et l'on rétablit de nouveau les maires. On peut juger des effets que produisit cette mesure par deux actes de cette époque, relatifs à quelques différends avec la municipalité : le premier au sujet de la sortie des blés, et le second, à propos des bancs de l'église dont le seigneur avait disposé.

Voici le premier :

« Le 4 novembre 1780, le premier Consul représente qu'étant
« venues avant-hier deux charrettes pour charger des blés et les
« porter ailleurs, un grand nombre de personnes se sont pré-
« sentées en foule pour les arrêter et les empêcher de sortir
« du blé, mais, qu'aucune remontrance qu'ils aient faite, ils
« les ont laissé partir. Depuis, l'on est venu leur dire que des
« étrangers étaient venus acheter une grande partie de blé qui
« est en ce lieu, notamment celui de monsieur d'Oppède, des
« grains duquel on a sorti cent charges dans un seul jour ; enfin,
« qu'aujourd'hui, en sortant de la messe, ils ont été assaillis du
« peuple, qui les ont priés de convoquer le grand Conseil, pour
« prendre un arrangement sur les blés, et ils ont cru devoir
« adhérer à cette réclamation pour la satisfaction des requé-
« rants ; ils ont obtenu qu'il ne leur sera pas permis de gêner

« la circulation des grains. Le Conseil délibère de prier les
« propriétaires de gros greniers, notamment monsieur le baron
« d'Oppède, de vendre les blés aux habitants et de ne vendre
« qu'une petite quantité. — *Signé :* ROUSERY, BOURJAC, ARNAUD,
« REINAUD, GUIGOU, BLANC, FERIAUD, *lieutenant du juge* (1). »

Le second acte dit :

« Le 14 novembre 1787, à la requête du premier maire et
« officiers municipaux et communauté de la Verdière, font
« signifier au seigneur marquis d'Oppède, de défendre aux
« officiers dudit d'Oppède : 1° de disputer et prendre la place
« du corps municipal ; 2° de faire tirer ou ranger les bancs.

« Lequel a dit qu'il désavoue la conduite du lieutenant du
« juge et qu'en l'état, le seigneur n'a aucune inspection sur les
« officiers de justice, qui, quoique élus de sa part, n'agissent
« que par ordre de la nation en vertu des décrets des assemblées
« qui abolissent les justices seigneuriales. Aussi, toutes les fautes
« que les officiers de justice peuvent commettre leur sont per-
« sonnelles, le seigneur n'y prend aucune part (2). »

Parmi les maires de cette municipalité républicaine, qui se
succédèrent, figurent les citoyens Bourjac, Constantin dit *la grosse
tête,* Taron, lequel a laissé une grande réputation de révolutionnaire exalté et dont nous avons voulu, en produisant le *fac-simile*
d'une de ses lettres, donner la mesure de l'éducation et des connaissances littéraires (3).

Louis-Roch , qui était parti pour Paris en 1773 , revint à la
Verdière en 1789. Cette même année, et, après les deux contestations survenues avec la commune, il apprit, à Avignon, en

(1) Registre des délibérations de la communauté, de 1787 à 1793.
(2) Archives du château de la Verdière.
(3) Planche XXVII.

A La Verdiere le 2 ofrimair La 2 de la republique
fransaise

Citojens administrateur vous recevés Lemenoire
du poir des clothe de notre Commune et de meme
le pois du fer et du plons pris aux chatava de
lemigrés forbins voitiris pour Jean barles de norges
De meme le maimoire des journé des ouvrers quil ons
mis pour otte le Clothe les fer et le plons dontils
sagis Nous vous prions de nous en aceusé la recetion
La municipalité de la verdiere en permanence
ΑΤΑΧΟΠ·ΠΑΙΨΡ

Burle p d l Commune   guigou off m.

retournant à Paris, que les habitants s'étaient portés au château pour le piller, ce qui lui causa un si grand chagrin, qu'il mourut le 18 novembre 1789. Tel fut le triste dénoûment réservé à tous ces sentiments de famille qui avaient porté Louis-Roch de Forbin à venir enterrer sa fortune dans l'ancien manoir de ses pères. Les hostilités avaient commencé le 4 novembre et, le 18, Roch succombait à sa douleur. Il laissa quatre enfants : Ambroise, marié le 8 octobre 1788 à Sophie d'Augeard, dont le père était secrétaire des commandements de la reine, et mère de madame la comtesse de Rougé ; Augustin qui entra dans les ordres et fut relevé de tous ses vœux par le pape Pie VII ; Charles-Sextius qui fit la campagne avec les princes en 1792; Adélaïde qui épousa René d'Autric Vintimille, mère de madame la comtesse de Tournon et de la marquise de la Fare.

Pendant la grande Révolution, les révolutionnaires se jetèrent sur ce nid antique de la famille : en peu de temps, tous ses membres furent dispersés ; mais il leur arriva comme aux fourmis : après que le passant les a foulées aux pieds et a détruit leur nid, elle reviennent bientôt le reconstruire.

Tous les biens de la maison d'Oppède furent mis sous le séquestre, confisqués et vendus par la nation, sous prétexte que Louis-Roch était émigré. Or, c'était là un prétexte grossier, puisqu'il était mort en 1789. Il ne pouvait, d'ailleurs, y avoir erreur entre le père et le fils, puisque son fils aîné, Ambroise, n'avait point émigré. Avec les terres, les blés furent vendus; les matières de fer et de plomb tirées du château, envoyées à l'atelier de Marseille ; les matières métalliques envoyées à l'hôtel des monnaies ; les matières de cuivre, au dépôt de la grosse artillerie à Avignon; les effets mobiliers, aux hôpitaux militaires, etc. D'après un inventaire fait déjà en 1779, du vivant de Roch, le château pouvait contenir plus de cent tableaux, entre autres un tableau

14

représentant la sainte Vierge et sainte Elisabeth, un portrait de
Clément XII, une *Descente de croix*, une sainte Vierge avec saint
Joseph, un saint Sébastien, un portrait d'Henri de Forbin, premier président, peint par Mignard ou par Feuchier (d'après
M. Roux d'Alphérant dans son *Histoire des rues d'Aix*), le portrait
de Jean-Baptiste de Forbin, ambassadeur en Portugal, celui du
cardinal de Forbin-Janson, celui de monseigneur de Vintimille,
archevêque de Paris, dont la mère était Forbin la Marthe, un
portrait d'un Castellane, celui de Palamède de Forbin, gouverneur de Provence, un grand tableau représentant les filles de Lot,
de l'école espagnole, une *Sainte-Famille* sur marbre, sept autres
cadres représentant les sept Sacrements, plusieurs sujets de
fleurs, d'architecture et de batailles. Il y avait, en outre, un grand
nombre de gravures. Tous les appartements avaient leurs tentures en damas vert et en damas cramoisi ; d'autres en étoffe dite
d'Avignon. Il y avait des indiennes de Perse, un lit en satin blanc
broché en Chine, des canapés et des encoignures dites *confession-
naux* en drap d'or, divers autres meubles en cuir rouge et en
cuir noir, des tapis de Turquie, des tentures de Beauvais qui
décoraient les trois principales pièces, ainsi que des toiles pein-
tes, une toilette avec miroir, des boites « très bien sculptées, dit
un ancien inventaire, *ayant charnières, crochets et anneaux en
argent* », une belle table en marbre d'Italie avec médaillon, un
fauteuil antique aux armes des Castellane. Dans la lingerie, il y
avait plus de cinquante paires de draps de lit, vingt-quatre nap-
pes de table, quarante douzaines de serviettes. La bibliothèque
contenait trois ou quatre mille volumes. Au moment même de la
Révolution, ce mobilier et la lingerie étaient bien plus considérables. De tout cela, il ne reste que peu de chose, en comparai-
son. Heureusement que la belle table de marbre donnée par le
pape Urbain VIII, ayant au milieu un médaillon que l'on dit anti-

que, fut cachée par un notaire nommé Gaze et fidèlement rendue à ses anciens propriétaires. Je dois rendre hommage à cette famille qui existe encore à la Verdière : elle est restée fidèle à ses sentiments. Les tableaux avaient été conservés en partie par la famille Blaze de Cavaillon, aujourd'hui éteinte. Des archives, dispersées et brûlées, quelques restes se trouvent encore dans le château et une partie aux archives de la préfecture de Draguignan.

Ambroise de Forbin d'Oppède, en qualité d'aîné, fit une protestation au nom de la famille et mit opposition à la vente. Cette opposition fut rejetée le 15 février 1793 ; mais, le 12 janvier 1797, les membres de l'administration centrale du Var, ordonnèrent l'enregistrement d'un arrêt de l'administration de Vaucluse et la levée provisoire des scellés et séquestre des biens des citoyens Forbin d'Oppède, ainsi que la radiation de leur nom de la liste des émigrés.

La famille de Forbin adressa alors une pétition, le 22 mars 1797, pour faire annuler la vente des biens; pétition ainsi conçue :

« Ambroise-Louis-François-Marie Forbin d'Oppède repré-
« sente qu'en vertu de l'institution contractuelle insérée dans
« son contrat de mariage du 12 octobre 1755, il se trouve pro-
« priétaire de tous les immeubles que feu Jean-Louis-Roch-Pala-
« mède de Forbin d'Oppède, son père, possédait dans l'étendue
« du département. Cependant, au préjudice de cette institution
« contractuelle, le séquestre a été mis sur les mêmes biens et
« ils ont été vendus. Le motif du séquestre et de la vente a été
« l'inscription du nom du père du pétitionnaire sur la liste des
« émigrés, quoiqu'il fût mort à Paris le 18 novembre 1789,
« c'est-à-dire deux ans avant qu'il fût rendu aucune loi sur
« l'émigration (1).»

(1) *Archives du château de la Verdière*, dossier 56, liasse C.

Mais déjà terres et mobilier avaient été vendus et le château dévasté et, malgré la justice de cette réclamation , ce ne fut que le 11 janvier 1801 que le pétitionnaire put obtenir mainlevée du séquestre , trop tard pour sauver ses biens.

Ambroise continua à habiter Paris où il mourut le 18 octobre 1809. Ses deux frères, rentrant en France en 1803 , se fixèrent en Provence et, le 15 septembre de la même année, un pacte de famille intervint entre eux et leur nièce, madame la comtesse de Rougé.

CHAPITRE XIV

CHARLES-SEXTIUS. — RECOMMANDATIONS FAITES PAR SON PÈRE. —
M. JOLY, SON PRÉCEPTEUR. — MARIAGE DE CHARLES-SEXTIUS
AVEC HENRIETTE DE THOMASSIN PEYNIER. — BEAU CARACTÈRE
DU PÈRE D'HENRIETTE, LE COMTE DE PEYNIER. — MONSEIGNEUR
DE FORBIN JANSON A LA VERDIÈRE. — RÉVOLUTION DE 1830.
— MORT D'HENRIETTE DE THOMASSIN, MARQUISE DE FORBIN
D'OPPÈDE.

Charles-Sextius, frère cadet d'Ambroise, s'efforça, de 1809
à 1814, de reconstituer sa fortune. Après bien des peines et
des soins de tout genre, il parvint, à l'aide des biens de sa
femme, à recouvrer une partie de ses terres. Heureusement le
château n'avait pas été vendu ; il dut ce privilège à ce qu'il était
si considérable, que personne ne voulut se charger de le détruire. Dominant tout le village, il l'eût inévitablement écrasé
sous ses décombres. Le département l'avait offert à 30,000 francs
à qui voudrait le démolir, et, à ce prix, il ne se trouva personne qui acceptât cette responsabilité. On fut donc forcé
d'abandonner cette pensée.

Charles-Sextius semble avoir été l'objet des préoccupations

particulières de son père. Celui-ci aimait évidemment beaucoup à écrire, et tous ses écrits ont presque toujours pour objet
des conseils à ce fils cadet. Charles-Sextius, après être entré
dans l'ordre de Malte, suivit la carrière militaire. Dans son
enfance, son père lui avait donné un précepteur nommé M. Joly,
dont voici une anecdote touchante, racontée par son élève :

« Nous avions, dans notre enfance, le sieur Joly, natif de
« Poitiers ; il était d'une douceur angélique, à tel point que
« nous l'appelions *Bontée*. Il était d'une piété admirable, d'une
« charité sans bornes ; très adroit dans tous les genres, il faisait
« de ses mains tout ce qu'il voulait ; d'un désintéressement
« extraordinaire, à tel point qu'il donnait tout ce qu'il avait,
« consacrant son savoir à tous ceux qui en avaient besoin. Il
« nous quitta lorsque nous partîmes de la Verdière pour être
« mis en pension à Paris. Il entra alors, au même titre, chez
« monsieur le marquis de Forbin de la Barben, pour donner
« ses soins à ses trois garçons. Les deux aînés étant entrés
« au service, le cadet, Auguste de Forbin, resta seul sous ses
« soins.

« Tous les évènements révolutionnaires se succédèrent alors
« d'une manière terrible. La famille de Forbin la Barben se
« réfugia à Lyon. Les Lyonnais se révoltèrent contre les révo-
« lutionnaires, le gouvernement républicain envoya des troupes
« pour faire le siège de Lyon. L'histoire constate toutes les
« atrocités commises dans ce siège. Auguste de Forbin, jeune
« homme plein d'ardeur et de feu, ne voulut pas reculer
« devant ce danger et se mit avec les assiégés. M. Joly, son
« gouverneur, ne voulut pas l'abandonner un instant et l'ac-
« compagna sur la brèche, et tous deux prirent part au com-
« bat. Par malheur, M. Joly fut atteint d'un éclat de bombe
« qui le blessa à un bras et obligea à lui faire l'amputation.

« Les révolutionnaires restèrent vainqueurs, il s'ensuivit une
« foule de dénonciations. C'est alors que M. de Forbin la
« Barben, père de ce jeune homme, monsieur le président de
« Jouques et monsieur le baron de Valbelle furent fusillés.
« Notre pauvre ami Joly sortit de l'hôpital et se réfugia dans
« une petite chambre en ville. Les dénonciations continuant,
« dénoncé comme les autres, il fut obligé de comparaître
« devant le tribunal révolutionnaire. Il s'assit dans un coin
« de la salle. Le Tribunal, après avoir vidé l'interrogatoire,
« aperçut cet individu. Le Président lui demande : « Que fais-
« tu là ? » Il répondit avec sa douceur ordinaire : « On m'a
« fait appeler, et je me suis rendu. » Le Président, voyant en
« lui un individu si inoffensif, lui dit : « Sors d'ici et va-t-en. »
« Notre pauvre ami alors retourna dans son gîte.
    « En montant dans l'escalier, il trouve des enfants qui
« jouaient. Il leur parle et finit par les engager à venir
« dans sa chambre et promet de leur donner des leçons
« pour apprendre à lire et à écrire. Ces enfants acceptèrent
« volontiers et le suivirent ; il en fut de même pendant nombre
« de jours. Mais le père de ces enfants, s'apercevant que les
« marmots ne jouaient plus dans l'escalier, leur demanda où
« ils allaient. Ils lui répondirent qu'ils allaient tous les jours
« dans la chambre de ce monsieur, et qu'il leur apprenait à
« lire et à écrire. Cet homme, fort surpris, va chez M. Joly et
« lui dit : « Est-il vrai que vous donnez des leçons à mes
« enfants ? » Il répondit : « Oui, c'est vrai. » Alors cet homme
« se précipite à ses pieds et lui dit : « Vous n'êtes pas un
« homme, vous êtes un ange ; c'est moi qui vous ai dénoncé
« et qui vous ai mis dans le cas d'être fusillé. » M. Joly dit
« alors : « La religion chrétienne, mon ami, m'apprend à
« rendre le bien pour le mal. » Cet homme transformé lui dit :

« C'est fini ! je renonce à toutes les idées révolutionnaires,
« qui ne sont que déception et mensonge, et je veux être
« honnête homme comme vous (1). »

Louis-Roch, non content de choisir un tel précepteur pour
son fils, lui donna aussi des conseils sur sa conduite religieuse dans le monde. Il intitule son premier écrit : *Réflexions
pour l'instruction de Sextius.*

« Vous vous préparez, dit-il, pour votre première Com-
« munion ; c'est l'acte le plus essentiel qu'un homme puisse
« faire dans sa vie. Il n'y a que mourir qui soit plus sûre-
« ment décisif pour le bonheur ou le malheur éternel.

« Depuis que vous êtes né, on vous apprend la véritable Reli-
« gion. Vous étudiez encore dans une maison où l'on prend à
« cœur de vous l'enseigner, parce que celui qui a bien voulu se
« charger de continuer votre éducation en est pénétré lui-même.
« Il n'y a donc point à vous parler ici du Catéchisme, que vous
« avez eu tous les jours sous les yeux et qu'on vous a expliqué
« avec persévérance depuis votre bas âge ; mais il est des ré-
« flexions que l'âge et l'expérience font faire et que les pères
« doivent faire passer à leurs enfants, c'est leur obligation la plus
« étroite. Le vôtre ne cesse jusqu'à présent, de travailler à son
« devoir à cet égard ; il ne doit pas se taire, dans le moment le
« plus important pour vous. »

Après quelques réflexions générales sur la Religion et la
vérité de l'Evangile, il continue :

« Tenez-vous ferme contre les séductions du démon et de tous
« les malheureux qui se rendent les instruments de sa méchan-
« ceté ; puisqu'ils se sont donnés à lui, ils n'ont rien à gagner
« en vous faisant périr avec eux, et vous perdriez tout. Lorsqu'il

(1) Archives du château de la Verdière.

« s'agit de faire le bien , ou d'éviter le mal , surtout lorsqu'il
« s'agit de s'éloigner du danger ou d'une occasion tentante de
« mal faire , on entend autour de soi la foule se récrier et dire :
« Vous allez contre l'usage , contre la bonne et belle société ;
« vous vous singularisez. Est-ce que vous vous avisez de con-
« damner les autres , ceux qui sont chargés d'années , de digni-
« tés , de talent , de connaissances , etc. ? » Voilà ce qui ins-
« pire à des gens ignorants, ou sans force ni vertu, une crainte
« du qu'en dira-t-on , du respect humain qui les arrête dans le
« chemin du bien , qui les jette dans celui du mal où ils se cor-
« rompent et se pourrissent avec tant d'autres. Il est contraire à
« la Religion de se laisser entraîner le moins du monde par cette
« crainte, et aussi contraire à la raison.

« Regardez tous les gens de ce grand monde , de ce monde
« nombreux ! Vous les verrez remplis de défauts, de ridicules ,
« de vices, que, sans être chrétien, vous seriez fort fâché d'avoir.
« Ecoutez ceux qui vous les citent pour exemple : ils passent
« leur vie à condamner les mêmes gens en détail , à rire d'eux
« et souvent à déchirer leur réputation à belles dents , et vous
« verrez qu'ils n'ont l'air de les estimer, que quand ils veulent
« se servir d'eux pour vous pervertir. Soyons de bonne foi ; en
« ouvrant les yeux , en mettant même la Religion à l'écart, pour
« un moment, nous verrons que la foule des hommes fait beau-
« coup plus de mal que de bien. Il y a bien plus de gens infidè-
« les, que de gens de probité ; bien plus de gens qui ne s'occu-
« pent que de plaisir blâmables, que de ceux qui travaillent à se
« perfectionner ou à vivre avec innocence. Que d'ivrognes , de
« joueurs , d'impudiques, de jureurs , de filous , d'escrocs , de
« menteurs , de médisants , de calomniateurs , de malfaisants ,
« de traîtres , etc. ! Il est évident à tout homme, seulement rai-
« sonnable, que tous les vices qui sont contraires à la société et

« au bon ordre sont infiniment plus nombreux que les vertus
« opposées. Donc, il ne faut pas ressembler au plus grand nom-
« bre d'hommes, mais au plus petit.

« Voyons ensuite ce que la Religion nous en apprend : Dieu
« a dit que le nombre des élus était fort petit. C'est une des plus
« terribles vérités qu'il ait dites et une de celles qu'il a le plus
« fortement exprimées. Est-ce rigueur de la part de la Divinité,
« maîtresse absolue de ses grâces, que le petit nombre de sauvés
« et le grand nombre de réprouvés ? Non , ce n'est pas rigueur
« de la part de l'Etre qui est la bonté par essence, la miséricorde
« infinie, mais qui est aussi, par essence, la justice. Ce n'est pas
« lui qui manque jamais à aucun homme ; il désire et leur de-
« mande à tous de se sauver ; il leur donne tout ce qu'il leur
« faut pour y parvenir ; mais il voit que le très grand nombre
« méprise ses dons et ses grâces , qu'il s'éloigne de lui , que le
« grand nombre d'âmes , une fois séparées de leurs corps , se
« trouveront abominables aux yeux de sa sainteté infinie, qui ne
« peut admettre rien de souillé dans son sein. Il ne les condam-
« nera que quand elles se condamneront elles-mêmes et elles ne
« pourront pas s'empêcher de se condamner, elles verront alors
« que Dieu n'a point été rigoureux envers elles , mais bien au
« contraire. Là, elles se rappelleront parfaitement tout ce qu'el-
« les ont , dans les occasions , ressenti dans leurs consciences ,
« qui les éloignait du vice et qui les portait à la vertu , tous les
« bons enseignements qu'on leur avait donnés, toutes les leçons,
« les avis, dont elles auraient dû profiter, les pertes, les contra-
« riétés , les maladies que Dieu leur avait envoyées pour arrêter
« la fougue de leur imagination et les engager, les forcer même
« à faire d'utiles réflexions. Elles verront que tout cela était
« autant de grâces, autant d'efforts, pour ainsi dire , que Dieu
« faisait pour les attirer à lui ; mais que , n'étant point dans les

« décrets de sa sagesse de sauver l'homme sans le consentement
« et la volonté de l'homme, elles ont elles-mêmes voulu faire le
« mal, quand elles pouvaient, par la grâce divine, faire le bien.
« Ce sera donc elles qui se condamneront, parce que c'est elles
« qui se seront damnées, en voulant mériter de l'être : La vie
« de l'homme est une épreuve que Dieu fait de lui. Il lui a donné
« le pouvoir de faire du bien et aussi celui de faire le mal. Il lui
« a dit : « Vous êtes libre de choisir ; il n'est pas dans mes dé-
« crets de communiquer mon bonheur éternel à un homme sans
« liberté, qui ne pourrait se former auprès de moi aucun mérite.»

Ces instructions paternelles se terminent ainsi :

« Veut-on bien prier ? il faut se recueillir, se mettre en pré-
« sence de Dieu et élever vers lui son cœur en lui disant : « Me
« voilà, Seigneur, daignez élever mes pensées vers vous. Je ne
« puis rien tout seul.» — Que si l'on est obligé de marcher, de
« courir, de travailler, on peut toujours présenter son âme à
« Dieu. Une telle prière, quelque courte qu'elle soit, peut plaire
« beaucoup, surtout si elle est fréquente (1). »

On voit là, dans ces dernières recommandations, la préoccu-
pation constante d'un père exhortant son fils de ne point abandonner la prière, tout en étant au service militaire.

Charles-Sextius se maria, en 1814, avec Henriette de Thomassin Peynier, fille du comte de Peynier, qui avait été chef
d'escadre, cordon rouge et gouverneur de Saint-Domingue ; et,
d'Angélique d'Arros, fille du baron d'Arros, qui avait été
également chef d'escadre : deux maisons éteintes, l'une
en Provence, l'autre en Béarn. Une simple lettre du comte de
Peynier, retrouvée dans ses papiers, résume toute sa vie d'une
manière touchante :

(1) Archives du château de la Verdière.

« *Le 8 pluviose an VII ; au Comité révolutionnaire d'Orthez et à*
« *la Commission de la marine près de la Convention*.

« Je suis né en 1734, vieux style ; j'ai par conséquent
« soixante-quatre ans. Entré au service de la marine en 1744,
« j'ai fait vingt-cinq campagnes, la guerre de 1746, celle de
« 1755 et celle de 1778. De ces vingt-cinq campagnes, j'en ai
« fait deux aux Indes, de quatre ans chacune. A la seconde, je
« commandais quatre vaisseaux de guerre, deux frégates et cin-
« quante bâtiments de transport, pour approvisionner la flotte
« de Suffren. J'ai assisté à sept combats navals et à plusieurs
« particuliers. Blessé aux Indes, en 1759, d'un coup de feu à la
« tête, dont je souffre encore, j'ai commandé trois frégates de-
« puis la paix de 1763 à 1778. J'ai commandé, pendant la
« guerre, six vaisseaux en Europe, dans les armées combinées
« en Amérique et aux Indes. Ayant joint Suffren aux Indes avec
« ma division, j'ai commandé la flotte, en second, contre les
« Anglais. Le Commandant en chef étant retourné en France, en
« 1783, je conservai le commandement jusque en 1786, nommé
« commandant d'une escadre à Brest en 1787. En 1789, je fus
« nommé gouverneur général à Saint-Domingue. Je n'acceptai,
« étant malade d'un rhumatisme, que par obéissance et pour
« une année seulement. Je revins, en 1791, ma santé dépéris-
« sant tous les jours, et j'eus la satisfaction de voir ma conduite
« (quoique bien difficile) approuvée par l'Assemblée nationale.

« Marié en Béarn en 1787, je joignis ma famille, au retour
« de Saint-Domingue, où j'ai resté depuis, et la Providence m'a
« donné deux filles. En 1792, au mois de mars, ma santé
« s'affaiblissant et avançant en âge, je donnai ma démission,
« après de longs et pénibles travaux et quarante ans à peu
« près de service de mer.

« Avant la guerre, j'avais demandé au Comité compétent le

« payement de 4,300 francs de pension, que j'avais obtenu par
« mes blessures et mes longs services non interrompus. On ne
« me fit pas de réponse. J'ai essuyé une détention de treize
« mois, non pas de la part de ma commune d'Orthez, départe-
« ment des Basses-Pyrénées, qui connaissait mon patriotisme,
« mais par mesures oppressives et presque générales. Le
« Comité de sûreté générale m'a élargi ; il n'y avait pas de
« dénonciation, et il ne pouvait y en avoir. Le 18 frimaire, je
« suis venu à Aix, lieu de ma naissance, département des
« Bouches-du-Rhône, pour y rétablir, s'il est possible, ma
« santé délabrée par cinquante ans de services pénibles et
« continuels ; mais, ce qui ne se rétablira pas, c'est la faiblesse
« de ma vue, suite de la blessure à la tête.

« La vérité vient de parler, ma vie publique, politique et
« privée est connue. Elle fut toujours celle d'un homme de bien
« et d'honneur, mon civisme est prouvé, et, s'il me reste quel-
« ques regrets, c'est de ne pouvoir plus servir ma patrie.

« Fait à Aix, département des Bouches-du-Rhône, le 8 plu-
« viose, an VII de la République une et indivisible. — *Signé :*
« Antoine THOMASSIN PEYNIER (1). »

Charles-Sextius, mon père, eut de cette union avec la fille du
comte de Peynier, une fille et deux garcons, dont j'étais l'aîné. A
partir de ce moment, la Verdière fut de nouveau habitée. Les années
se passèrent paisiblement en famille, mon père et ma mère cher-
chant à effacer toutes les traces de destructions révolutionnaires.
Ma sœur fut mise entre les mains d'une institutrice ; mon frère et
moi entre les mains d'un jeune ecclésiastique, M. l'abbé Savour-
nin, plein de cœur et de piété, mort vicaire à la métropole
d'Aix. Mon père, écrivant un jour, en 1821, à un de nos cousins,

(1) Archives de la maison de Forbin d'Oppède.

le marquis de Forbin Gardanne, lui exprimait ainsi les difficultés
qu'il éprouvait à restaurer le château de sa famille.

« Etabli, dit-il, à la Verdière, à mon arrivée, j'y ai trouvé
« frère, femme et enfants en très bonne santé. La localité très
« favorable, étant très fraîche pour l'été, nous nous proposons
« d'y rester plus longtemps que nous ne pensions. Il nous a
« fallu du courage, pour songer à habiter un immense château,
« dénué de tout ; mais, jouant à la hausse, notre parti est pris
« et nous allons le réparer. C'est l'ouvrage de nos pères, qu'il
« est doux de rétablir pour nous et nos enfants. L'entreprise
« est hardie ; car c'est énorme tout ce qu'il faut pour le
« réparer, avant de l'achever ; mais n'importe, peu à peu
« cela se fera et j'espère qu'un jour nous vous y verrons
« arriver (1). »

Il fallait en effet du courage, pour venir s'établir dans un
grand château ouvert à tous les vents. Plus de portes, plus
de carreaux de vitres, si bien que les pigeons des environs
venaient nicher dans les appartements ; la toiture endommagée,
à tel point que l'eau pluviale entrait à tous les étages ; toutes les
dalles en pierres froides des terrasses brisées ; plus de rampes
en fer ; le parc vendu jusqu'à la porte du château ; voilà l'état
pitoyable où se trouvait cette habitation, qui, depuis huit cents
ans, n'avait en quelque sorte cessé d'être agrandie et embellie
par ses propriétaires. Quelques heures ont suffi aux mains révolutionnaires pour détruire ce que huit siècles de tradition
avaient édifié.

Pour remettre les choses dans leur état primitif, il eût fallu
une bien grande fortune. Ma famille se préoccupa surtout de
racheter des lambeaux de terre et, au bout de cinquante ans,

(1) Archives de la maison de Forbin d'Oppède.

cette terre de la Verdière a pu redevenir encore assez compacte.
Quant à l'aménagement du château, il a fallu longtemps nous
contenter du strict nécessaire et ne pourvoir à notre sûreté
qu'en plaçant des barres de bois derrière les portes principales.
Cet état qui sentait un peu la misère dans l'aisance, n'empêcha
pas ma famille de donner l'hospitalité à tous ses amis et
parents. L'un d'eux y a laissé le plus précieux souvenir : c'est
monseigneur de Forbin Janson, évêque de Nancy. Ce bon prélat,
plein de vivacité et de gaieté, faisait le charme de nos longues
soirées dans ce vieux château.

Monseigneur de Forbin Janson était né à Paris, en 1775. Son
père, d'un caractère doux, chevaleresque et bienveillant, avait
été lieutenant général. Sa mère, née princesse de Galean, bonne,
active, mais fort distraite, était d'une volonté ferme et d'une
intelligence rare. Elle en donna souvent des preuves pendant la
grande Révolution. C'est elle qui par son courage, sut obtenir
de Fouché que son cousin le marquis de Forbin d'Oppède,
frère aîné de mon père, père de Mme la comtesse de Rougé,
fût rayé de la liste des émigrés. Fouché lui demanda un
mémoire. Elle le dressa dans une nuit, et ce mémoire, à
lui seul, valait, dit-on, le meilleur plaidoyer, si bien qu'elle
obtint ce qu'elle demandait. Dans ces temps de malheur,
elle brava les plus grands dangers. Un moment elle fut même
mise hors la loi, pour avoir voulu prendre la place de Marie-
Antoinette. Sa ressemblance avec la pauvre Reine lui avait
donné l'espérance de pouvoir tromper la surveillance des geô-
liers. Obligée de quitter la France, elle se rendit en Allemagne,
puis en Suisse, et c'est là, à Nyon, que Charles de Janson passa
sa première jeunesse. En rentrant en France, il fit sa première
Communion, y étant préparé par une éducation sérieuse. Plus
tard, cependant, madame de Janson, luttant contre le pressen-

timent qu'elle avait de la vocation ecclésiastique de son fils, chercha à lui faire épouser mademoiselle de Raigecourt et, pour cela, elle lui ménagea une petite entrevue.

Pendant que les deux fiancés se promenaient ensemble et semblaient causer, M. le marquis de Raigecourt, père de la jeune personne, voulut les déranger ; Madame de Janson lui dit : « Laissez, Monsieur, laissez-les donc bien causer. » Mais quel ne fut pas leur étonnement, quand ils entendirent que Charles de Janson apprenait à mademoiselle de Raigecourt, actuellement religieuse de Saint-Thomas de Villeneuve depuis plus de quarante ans, à dire le chapelet à la façon de Saint-Sulpice. Dès ce moment, madame de Janson dut bien comprendre que son fils était fait pour se donner à Dieu : mais, son cœur se raidissant toujours contre cette pensée, elle chercha à se faire illusion. Elle le fit entrer au Conseil d'Etat, en 1806, comme auditeur.

Il y fut trois ans, et il y donna la preuve de son aptitude et de son intelligence. Il était agréable cavalier, très-fort nageur. Son plaisir était de piquer une tête dans la Seine. Sa mère, pour le distraire de la pensée du sacerdoce, lui donna un jour un cheval, un cabriolet et un domestique. Ce cœur, qui avait conservé sa candeur au milieu des séductions du monde, continua à être travaillé par la grâce. Dieu l'appelait à lui. Partant, un matin, pour le Conseil d'Etat, il dit à son nouveau cocher de le conduire à Saint-Sulpice. Arrivé à la porte, il descend, remercie son conducteur et lui donne l'ordre de s'en retourner à l'hôtel de son père, parce qu'à l'avenir, lui dit-il, il n'avait plus besoin de ses services. C'est ainsi que, quittant brusquement la maison et le toit paternel, il n'y rentra que revêtu de l'habit ecclésiastique.

Pour que Charles de Janson prît une résolution si subite et si énergique, il fallait que la grâce de Dieu eût agi bien puissamment sur son âme. Il resta au séminaire, y fit ses études théologiques et se perfectionna dans toutes les vertus du sacerdoce, si bien qu'à quelque temps de là, sa grand'mère, madame de Montpezat, lui donnant du linge, eut soin de le prévenir qu'il était marqué à son chiffre à elle, et qu'elle ne faisait que le lui prêter, espérant ainsi qu'il ne le distribuerait pas aux pauvres.

Il fonda les missions de France en 1814. M. l'abbé Rauzan, son ami, en fut élu supérieur. Son ardeur ne pouvant se contenir dans ces limites étroites, il partit pour Smyrne et évangélisa les peuplades diverses qui s'y trouvent. De là, se dirigeant sur Jérusalem, le bâton à la main, il y séjourna un mois ; après quoi, il revint en France fonder la maison du Calvaire, située sur le mont Valérien, maison de retraite pour les prêtres infirmes. Après qu'il eut prêché à Bordeaux, Toulon, Marseille, Fontainebleau, Tours, Poitiers, etc., le roi Charles X, pénétré des vertus et du mérite de l'abbé de Forbin de Janson, lui offrit l'évêché de Nancy, avec la pensée, dit-on, de le rapprocher de lui en l'appelant à la grande aumônerie. Son entrée à Nancy, le 2 juillet 1824, fut enthousiaste et brillante ; mais, son goût dominant pour donner des missions finit par lui créer une grande opposition et lui attira même des ennemis.

Son amabilité et sa grande gaieté s'unissaient à une grande charité. Il arriva, un jour, que quelqu'un lui fit compliment sur ce qu'il avait un fort beau crucifix en ivoire. « En ivoire ! répondit-il ; eh bien ! j'aimerais mieux l'avoir dans le ventre d'un pauvre homme : mon crucifix est en plâtre ! » Sa mère lui ayant donné une très belle croix pastorale en or, il s'empressa de la vendre pour en avoir une en chrysocale. Quelqu'un s'en étant aperçu, il en rit beaucoup et lui répondit : « Bah ! bah ! qui est-ce qui ne la croit pas en or ? Mon ami, vous y regardez de trop près ! » Son zèle pour la gloire de Dieu, sa charité envers les hommes ne purent le soustraire à la persécution, laquelle devint violente après la Révolution de 1830. La plus grande opposition lui vint du parti libéral, à la tête duquel se trouvaient le *National* et MM. Vachière et Babin. Il fut donc obligé de se réfugier à Coblentz. Ne pouvant retourner dans son diocèse, il partit pour Rome, afin de demander au saint-Père une mission dans l'Asie, projet qui ne put se réaliser.

Poussé par la tourmente révolutionnaire, il cherche en vain un asile où il puisse paisiblement se livrer à ses travaux apostoliques ; il passe ainsi sept ou huit ans en France, entouré d'obstacles de toute nature. Le clergé de son diocèse s'efforçant de le rappeler au milieu de son troupeau, tandis que le gouvernement lui en fermait l'entrée, il continue ses prédications.

Dans cette agitation, un trait peint sa gaieté et sa bonne humeur. Voulant, un jour, à Paris, ménager le vieux cocher de sa mère, nommé Gallet, qu'il avait tenu à conserver, il prit un cabriolet de place. Le cocher de ce fiacre se mit tout à coup à déblatérer, devant lui, contre l'évêque de Nancy. L'Évêque le laissa bien parler, et, après, il lui dit : « Mon ami ! cet évêque, c'est moi, qui ne vous veux que du bien, et qui vous donnerai encore un bon pourboire, pour avoir dit tant de mal de ce pauvre évêque ! »

Fatigué de Paris, il part, en 1839, pour l'Amérique, accompagné de quelques missionnaires et n'ayant pour bagages que le strict nécessaire. Il prêche au Canada pendant dix-huit mois, souvent en plein air, devant vingt mille personnes, fait aussi soixante missions dans les campagnes, à la Nouvelle-Orléans, à Montréal, à Québec, à New-York ; assiste au concile de Baltimore, en signe les actes et la lettre adressée par les évêques des Etats-Unis aux archevêques de Cologne et de Posen.

Après avoir évangélisé l'Asie et l'Amérique, il lui restait une terre sur le globe où il n'avait point encore porté sa sollicitude : c'était le vaste empire de la Chine. En 1841, il revient en France, en passant par l'Angleterre où il va solliciter auprès de la reine la grâce de six cents Canadiens exilés de leur pays, par suite de troubles politiques. Ils furent graciés. Peu de temps après, la pensée de finir ses jours en Chine le travaillant constamment, il fonda, en 1843, l'Œuvre de la Sainte-Enfance. Il se mit à parcourir la Belgique, intéressa le roi et la reine des Belges à son œuvre et, bien résolu de quitter la France, il acheta en Chine un terrain, dans la pensée d'une fondation dans ce pays idolâtre.

L'utilité de l'Œuvre de la Sainte-Enfance, pour le rachat des petits Chinois, a eu bien des contradicteurs et des incrédules. M. le comte de Beauvoir, qui a pénétré dans l'intérieur du pays, s'en fait le défenseur, dans son ouvrage sur la Chine :

« Certes, dit-il, je l'avoue franchement, et je prie les Mission-
« naires de me pardonner ; je n'avais jamais voulu croire à l'ex-
« position des petits Chinois, mais j'admettais seulement qu'il
« pouvait y avoir des crimes isolés, des infanticides, comme
« dans certains quartiers de nos capitales. . conséquence des
« misères humaines ; c'était, selon moi... pure question de
« cours d'assises chinoises, exploitée en Europe... Ah ! main-
« tenant que j'ai vu la plaie, comme Thomas je suis convaincu
« et je m'incline ! je verrai, toute ma vie, ces enfants que nous
« fit découvrir notre première promenade, au hasard, dans la
« campagne de Canton. Je ne m'étonne plus, désormais, du chif-
« fre de vingt à vingt-cinq mille, auquel les *Annales de la Propa-*
« *gation de la Foi* portent le nombre des enfants exposés par an
« dans les grands centres chinois. De ces tristes chiffres et de ce
« qu'il nous a suffi d'une heure pour voir, que pouvons-nous

« conclure , sinon que l'exposition est bien véritablement une
« coutume nationale et que l'abandon des enfants, qu'elle com-
« mence par la vente ou finisse par le meurtre , ne révolte pas
« le moins du monde un bon nombre de mères chinoises (1). »

Monseigneur de Forbin Janson arrivant à Marseille quelques
années avant sa mort, fut logé chez monseigneur l'évêque de Marseille. Là , une femme de charge s'étant aperçu que le linge de
monseigneur de Janson était dans un état qui ne permettait plus
de le raccommoder, elle alla trouver son Evêque , à qui elle ra-
conta la chose. Monseigneur de Mazenod, homme d'esprit et qui
savait à quoi s'en tenir à l'égard de monseigneur de Janson, voulut renouveler ses hardes; mais, prévoyant un refus, il eut recours
à un stratagème. Il envoya sa nièce, mademoiselle de Boisgelin,
demander 40 francs à monseigneur de Janson, pour un pauvre.
Monseigneur, naturellement, consentit de très bonne grâce et de
bon cœur. Quelques jours après, mademoiselle de Boisgelin retourna auprès de monsieur de Janson , lui disant qu'elle venait
apporter 40 francs de linge à ce pauvre , pour lequel elle avait
sollicité sa compassion. Monseigneur de Janson, riant beaucoup,
lui dit : « Comment ! j'avais fait le sacrifice de ces 40 francs ! »
Puis, allant trouver monseigneur de Mazenod : « Ah ! dit-il,
vous croyez, mon ami, qu'il ne me manque que cela ! » et,
entr'ouvrant sa soutane, il lui montre des vêtements en très
mauvais état. Dans une autre circonstance, étant au château de
la Verdière , il fut obligé d'accepter de vieilles pantoufles , pour
faire raccommoder ses souliers, car il n'en avait qu'une paire.

Cette vie, si pleine de dévouement et de charité, s'éteignit dou-

(1) *Java, Siam, Canton*, par le comte de Beauvoir ; *Paris*, imprimerie Plon, 1869,
page 424.

Je tiens, de plus, d'un jeune Chinois qui accompagnait à Paris, en 1880, Monseigneur Guillemin, évêque de Canton, que le fait est exact.

cement dans les bras de son frère le marquis de Forbin Janson et de son ami monseigneur de Mazenod. Il mourut dans une maison de campagne, auprès des Aygalades, banlieue de Marseille, le 11 juillet 1844. Son corps fut transporté dans le cimetière de Picpus à Paris. Le R. Père Lacordaire prononça, à Nancy, son oraison funèbre, le 28 août 1844.

Un mouvement funeste se produisit dans les campagnes après 1830. La population de la Verdière, paisible et bienveillante pendant toute la durée de la Restauration, devint, à ce moment, remuante, poussée qu'elle était par quelques mécontents. Les municipalités mirent alors tout en œuvre pour détruire et amoindrir l'influence de la grande propriété, et y réussirent.

Cette situation faite aux propriétaires devait nécessairement leur causer du dégoût. Aussi, ma famille, comme tant d'autres, passa-t-elle, à partir de ce moment, plus de temps à la ville qu'à la campagne. En dehors des affaires, désintéressée de la chose publique, rien ne l'attirait plus autant de ce côté. C'est ainsi que nombre de grandes familles, que l'on dit être des autorités sociales, sont allées de nouveau creuser leur tombe dans les villes de province, où, malheureusement, un grand nombre n'ont pas su, dans leur oisiveté forcée, conserver au moins la dignité de leur race.

Charles-Sextius et Henriette de Thomassin ne perdirent cependant pas de vue les devoirs de leur position. Ils habitèrent encore, par intervalle, la Verdière, et, malgré tant de déceptions, conséquences de tant de bouleversements, ils continuèrent à entretenir le château où quelques travaux furent encore faits par eux. A la fin de leur vie, j'ai pu, moi-même, à mon tour, contribuer à cette restauration, en terminant les nouvelles écuries, en fermant la

cour d'entrée (1), en clôturant le parc, en faisant réparer toutes
les moulures des salons si dégradées pendant la première Révolution, en achevant la galerie, en y plaçant quelques tableaux de
famille, qui jusque-là étaient restés dans un garde-meuble. J'ai
couronné toutes mes murailles d'enceinte, de pierres de tailles et,
enfin, j'ai racheté des portions de bois et de terres restés encla-
vés dans le périmètre de l'ancienne propriété.

Une école de garçons, tenue par les Frères maristes, a été fondée
par ma famille, et s'est maintenue jusqu'à présent, grâce au bon
vouloir des habitants, qui n'ont cessé d'y envoyer leurs enfants.

Les révolutions de 1848 et 1870 furent plus clémentes que
leurs devancières : les habitants du château, alors fort âgés, ne
furent nullement molestés. Néanmoins, bon nombre de jeunes
hommes de la localité, partirent, en décembre 1851, pour aller
rejoindre l'insurrection à Aups ; mais, ils ne tardèrent pas à re-
venir sans leur drapeau (car ils avaient emporté des rideaux rou-
ges que ma sœur avait fait pour la chapelle de l'hospice) et aban-
donnant leur chef, qui lui-même les avait abandonnés à la vue
de la troupe de ligne.

Ce contingent de troupes passa à la Verdière, quelques jours
après, au nombre de 800 hommes, infanterie et artillerie.
Tout ce matériel de guerre fut logé au château : hommes, chevaux et caissons. Le colonel qui commandait ce détachement,
voulut soustraire son monde à l'influence de la population, et
exigea que pas un homme ne fût logé en-dehors de l'enceinte du
château. Ma sœur, qui ne quittait pas mon père et ma mère, fut
seule à les recevoir, parce que je me trouvais alors à Paris. Grâce
à son intelligence et à son sang-froid, tout se passa avec ordre. Le
corps des officiers lui en témoigna, en partant, toute sa recon-

(1) Planches XXI et XXIII.

naissance. Il n'est pas toujours facile de loger 800 hommes, chevaux et artillerie, dans sa propre maison, et la chose eût été impossible, si les voûtes du château ne s'y étaient admirablement prêtées.

C'est là le dernier épisode de l'histoire de la Verdière que j'ai à raconter ; mais, en regardant en arrière, il m'est impossible de ne pas conserver un souvenir précieux des personnes que j'ai vu encore prendre part à nos veillées de famille : Madame la comtesse de Rougé, d'un caractère si égal et si affectueux ; Madame la comtesse de Beufvier, née de Raigecourt, si spirituelle et si aimable, qui depuis est allée ensevelir toutes ses grandes qualités dans un couvent dont elle fait encore le charme, à plus de quatre-vingt-huit ans ; Monsieur le comte de Machault, petit-fils du grand ministre de Louis XV, auquel j'ai eu l'honneur d'être allié ; Monsieur le duc Louis de Blacas d'Aups et Madame la duchesse de Blacas, née Des Cars, nos bons voisins, dont la perte si prématurée a laissé un deuil dans toute la contrée. Quelques années après, je perdis mon père en 1853 et ma mère en 1864. La mort de ma mère fut l'occasion d'une démonstration très sympathique de la part de la population. Par sa bonté et sa charité, elle s'était fait aimer et respecter ; mais, ce qui excitait surtout une grande admiration, c'était son aménité auprès des grands du monde comme auprès des petits, sa justice, et enfin sa grande simplicité, reflet des belles qualités de son père, le comte de Thomassin Peynier, dont j'ai cité la touchante lettre. Je termine mon récit en me reposant sur ce souvenir filial.

En m'occupant de cette monographie, j'ai voulu dire à mes amis que j'ai respecté religieusement le manoir de mes pères, au point que je n'ai même pas arraché les vieux lierres qui entourent ses murs et qui ont toujours abrité l'bonneur, la fidélité et la foi en la Providence, maîtresse de toute destinée (1).

(1) Si ma monographie peut avoir quelque intérêt, je le dois à mon ami, **M.** le marquis de Clapiers, érudit Provençal, qui a bien voulu m'encourager dans ce modeste petit travail. Je lui dois de m'avoir fait revivre dans les souvenirs de ma première jeunesse condamnés, après moi, à être ensevelis dans l'oubli.

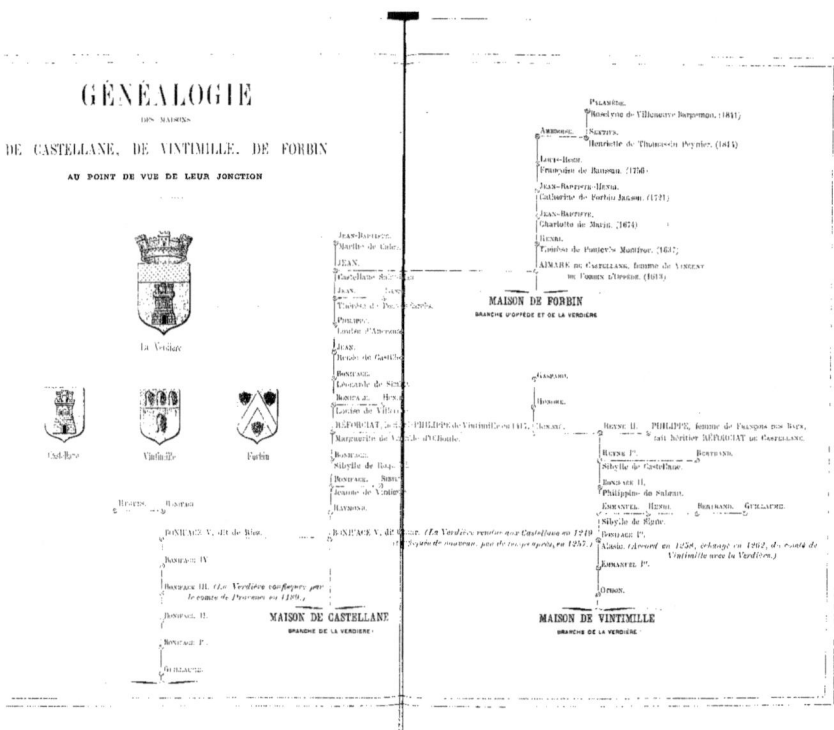

GÉNÉALOGIE
DES MAISONS
DE CASTELLANE, DE VINTIMILLE, DE FORBIN
AU POINT DE VUE DE LEUR JONCTION

TABLE DES MATIÈRES

17

CHAPITRE XI

CHAPITRE XII

CHAPITRE XIII

CHAPITRE XIV

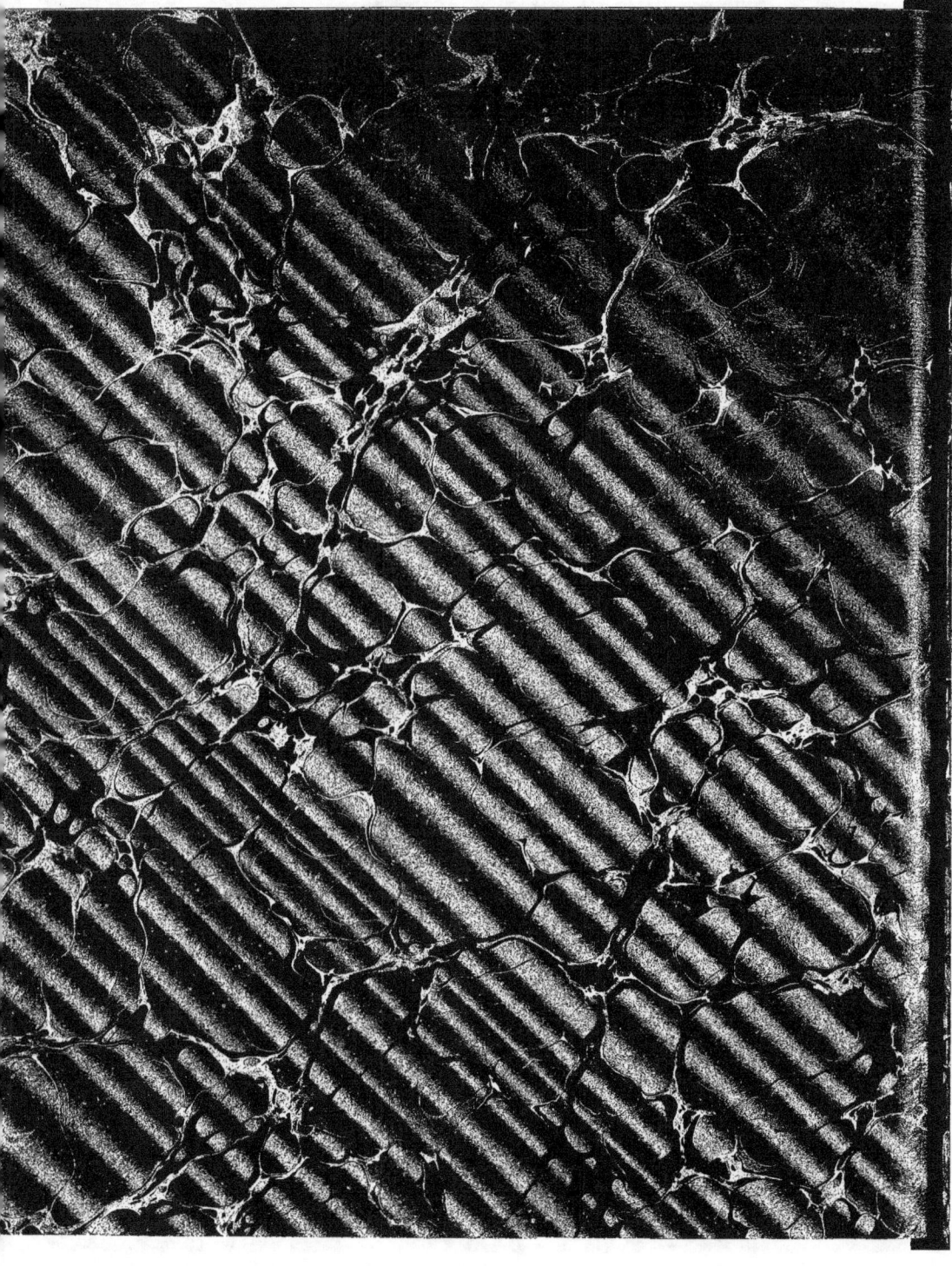

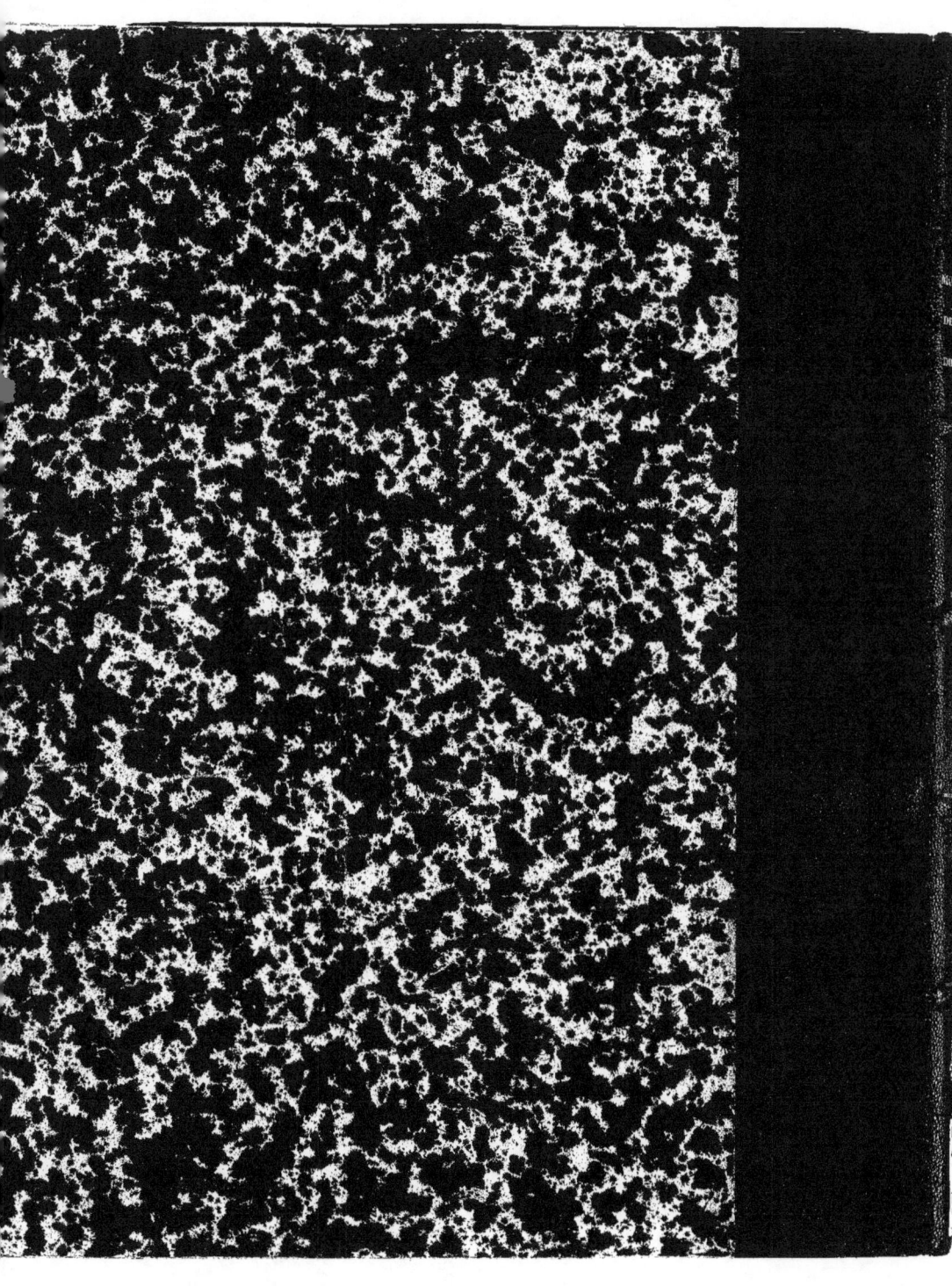

www.ingramcontent.com/pod-product-compliance
Lightning Source LLC
Chambersburg PA
CBHW051829020726
47502CB00005B/1702